Michèle Kahn est journaliste et écrivain, auteur notamment des romans *Shanghaï-la-juive* et *Cacao*.

Michèle Kahn

LA CLANDESTINE DU VOYAGE DE BOUGAINVILLE

ROMAN

Le Passage

TEXTE INTÉGRAL

ISBN 978-2-7578-4896-8
(ISBN 978-2-84742-229-0, 1re publication)

À Maddly

1

Rochefort
22 décembre 1766

La brise tournait du nord-est à l'ouest. Au-dessus de la rade semblable à un lac immense, une vapeur légère tamisait le bleu du ciel. L'air résonnait du roulement des charrettes, du piaffement des chevaux, de cris et d'appels en tous sens. Au long de la Charente, un cliquetis de chaînes accompagnait les forçats conduits par un peloton de soldats ; on les attendait au bassin de radoub. Une odeur de goudron embrumait la corderie. Les matelots qui débarquaient le chanvre croisaient ceux qui embarquaient les cordages. La boulangerie délivrait des quintaux de biscuit[1]. Des boulets de canon se coulaient à la forge. Dans l'atelier de mâture se fabriquaient les mâts, les vergues, les barres, les hunes. Trois vaisseaux se construisaient sous l'œil de leurs armateurs, trois étaient à caréner. Un capitaine promenait sa belle tout en surveillant l'armement de son navire. Les maîtres voiliers contrôlaient la confection de voiles triangulaires ou quadrangulaires, de perruches et de civadières, de

1. Pain sous forme de galette, cuit quatre fois.

bonnettes et de focs. Le feu des calfats produisait une fumée épaisse, et leurs coups de maillet résonnaient jusque sur les quais. En d'autres ateliers s'activaient des poulieurs, des menuisiers, des charpentiers, des peintres, des sculpteurs, des taillandiers, des tonneliers. Un vaisseau devant le Magasin des colonies déchargeait des tonneaux de rhum et des balles de tissu. Des négociants s'empressaient. À cinquante pas de la rive, un bâtiment suédois chargeait son lest. Cependant, tous les regards se tournaient vers le grand navire qui dansait au milieu de la rade. On en parlait dans les tavernes, dans les maisons, dans les fermes, dans les presbytères. Il hantait les songes. C'était la flûte *L'Étoile.*

Car *L'Étoile* s'apprêtait à faire voile pour le tour du monde ! Un équipage français se lançait pour la première fois dans cette expédition ! Deux équipages, plus exactement. *L'Étoile* naviguerait en effet sous le commandement de M. de Bougainville, capitaine qui voguait déjà sur la frégate *La Boudeuse* partie de Paimbœuf le 15 novembre. Le but du voyage aurait dû rester caché afin que les Anglais et les Espagnols n'en apprennent rien, mais c'était devenu un secret de polichinelle.

L'équipage de *La Boudeuse* se montait à deux cent dix hommes qu'il faudrait nourrir durant le long voyage, et la frégate ne disposait pas de la contenance nécessaire. Le Roi avait donc armé la flûte *L'Étoile* à titre de conserve. Elle emporterait deux ans de vivres pour ses cent quatre hommes, plus dix-huit mois pour *La Boudeuse*.

Les deux navires se rejoindraient aux îles Malouines et poursuivraient ensemble.

La mission de M. de Bougainville était double. D'abord céder les îles Malouines aux Espagnols qui les revendiquaient. Puis contourner le globe. L'intérêt de cette expédition était à la fois scientifique, économique et commercial. Autant épris de la gloire de la France que de la sienne propre, le Capitaine brûlait de reconnaître l'espace inconnu de l'hémisphère méridional, qui passait pour être plus vaste qu'aucune des quatre autres parties de la planète. Il prendrait possession de nouvelles terres au nom de la Couronne, il trouverait un point de relâche commode pour le commerce avec la Chine, on accéderait par là aux îles à épices et à métaux précieux, ressources qui permettraient à la France de surpasser l'Angleterre et la Hollande… Bien avant d'être parti, il se prenait à imaginer son retour triomphal.

M. de Bougainville avait plusieurs cordes à son arc. Après des études de droit, il avait revêtu la casaque des mousquetaires noirs puis l'uniforme de capitaine de dragons ; il était enfin entré dans la Marine avec le grade de capitaine de vaisseau. Or, digne rejeton du siècle des Lumières, ce mathématicien de valeur était un scientifique dans l'âme. Qui, peu avant le départ, décida d'entraîner deux grands savants dans son périple. Après une enquête serrée, il jeta son dévolu sur l'astronome Pierre-Antoine Véron, ainsi que sur le médecin botaniste et naturaliste Philibert Commerson. Le temps était trop bref pour qu'ils embarquent à temps sur *La Boudeuse*, mais *L'Étoile* devait patienter quelques jours supplémentaires, attendant le chargement complet des vivres. Les savants navigueraient donc sur *L'Étoile* jusqu'aux Malouines et passeraient alors sur *La Boudeuse*.

À peine M. Commerson avait-il donné son accord qu'il s'inquiéta de s'adjoindre un assistant. L'aide d'un botaniste doit bien sûr posséder des rudiments de botanique, mais aussi ne redouter ni la faim, ni la soif, ni la marche sous un soleil de plomb, ni les nuits froides à la belle étoile. La famille de M. Commerson le supplia d'emmener l'un ou l'autre neveu curieux de cette aventure extraordinaire, qui au retour le poserait dans la société. Or, l'oncle Philibert refusa net. Sans explication. Avec mauvaise humeur. Et voici que, à la toute dernière minute, juste avant d'embarquer, il avait trouvé son homme, un parfait inconnu, dans une taverne de Rochefort !

C'était un certain Jean Bonnefoy.

Drôle d'homme, en vérité !

2

Rochefort
23 décembre 1766

Drôle d'homme, décidément, que ce Jean Bonnefoy !

Il se dirige à présent vers l'embarcadère, son chapeau enfoncé jusqu'aux yeux, sa cape serrée autour de lui. Une crampe lui laboure le ventre, le sang lui cogne aux tempes, la chair de poule lui hérisse le poil, et il se sent aussi nu qu'un poussin juste sorti de l'œuf. Ses jambes tremblent quand il monte à son tour dans la chaloupe, carrant les épaules afin de compenser sa taille médiocre. Et pour cause ! Car Jean Bonnefoy se nomme en réalité Jeanne Baret.

Son déguisement n'amuse guère la jeune femme. Jupe et casaquin lui étaient plus commodes. La culotte lui procure, hélas ! le seul moyen de voir le monde, de vivre la vie en mer, de découvrir des êtres, des plantes et des animaux inconnus. Qu'un homme veuille tenter l'aventure, il lui suffit de s'engager ! Mais les femmes ne peuvent se promener là où elles voudraient : une ordonnance leur défend de naviguer sur un navire du Roi. Si Jeanne se fait repérer, elle sera mise aux fers à fond de cale ou débarquée. L'effroi la gagne quand elle y pense. Elle se répète alors, pour se rassurer, que la vie l'a plutôt bien préparée à affronter le péril.

C'est une fille toute simple, née en 1740 à La Comelle, une bourgade du Morvan où les étés et les hivers rivalisent d'aridité. Une seule porte laissait pénétrer l'air et la lumière dans la chaumière au sol de terre battue. La famille passait la saison froide sans feu, se nourrissait de pain noir. Enfant, Jeanne courait en loques et pieds nus. Son père, manœuvre dans une ferme, était vêtu de toile et de sabots. Sa mère avait porté durant des années une seule robe qu'elle évitait de laver, craignant de la voir partir en lambeaux.

Juillet finissait. La mère de Jeanne perdit les eaux en liant des gerbes de blé. Le père n'accorda guère d'attention au poupon. Une fille ! De dépit, il faillit boire son gain de la semaine.

Un garçon, ce sont des bras, des jambes, des tendons solides. Une fille n'est qu'une bouche à nourrir.

Néanmoins le père se mit aussitôt en quête d'un parrain et d'une marraine. Ainsi le voulait l'usage. Jeanne fut baptisée le lendemain. « Fille de Jean Baret, manœuvre à Lome et de Jeanne Pochard ; parrain Jean Coureau, manœuvre à poil[1], marraine Lazare Tibaudin », mentionna le curé oublieux des lettres majuscules. Aucun ne signa le registre, pas même d'une croix, tellement l'écriture était étrangère à tous. Le prêtre versa l'eau bénite sur la tête de l'enfant, et l'on se dirigea vers la masure où la mère avait préparé un repas. Puis la vie reprit dans le cercle étroit d'où nul ne sortait. On n'allait pas plus loin qu'à une journée de marche. L'ailleurs faisait peur.

1. Poil est un village de la Nièvre.

Le père, robuste et trapu, était patient au travail mais prompt à la colère. Ce taiseux n'encaissait pas d'être l'esclave des gelées et de la grêle, de rester l'hiver sans engagement, de soigner et de cueillir des fruits auxquels il ne goûtait pas, de gâcher les dimanches d'été à réparer son maigre bien. Il mâchonnait sa colère comme un fruit vert dont on espère quand même tirer un peu de jus.

Rien n'échappait à la petite Jeanne. Elle sut vite prévoir les fureurs du père, ainsi que les orages, et acquit l'art d'échapper aux uns et aux autres. Elle savait faire oublier sa présence. Son modèle était le chat moucheté qui les débarrassait des rats.

Elle avait cinq ans lorsque les seigles gelèrent. La disette sévissait, et voilà qu'une épizootie détruisit presque tout le bétail. La mère s'attela avec un âne pour tirer la charrue, et Jeanne la seconda de son mieux, s'arquant sur ses petits mollets. Elle en vit son père si heureux qu'elle saisit désormais toute occasion d'aider et développa ainsi une force prodigieuse. Elle ne rechignait jamais à la tâche.

La petite aimait aussi suivre sa mère dans les bois. Celle-ci, qui connaissait les secrets des plantes, rapportait des racines sauvages, des châtaignes d'eau, des champignons, des herbes des prés. Elle confectionnait un pain de fougère qui leur permit de défier la famine.

Hélas ! Jeanne mère mourut jeune, brisée par sa vie amère, et le père lui survécut quelques mois à peine. Elle avait par chance transmis son savoir à sa fille. Jeanne pouvait se nourrir de plantes mais, surtout, elle avait le don de soigner. Elle devinait quels simples soulageraient les douleurs, lesquels guériraient les blessures, lesquels aideraient à donner la vie, lesquels faciliteraient le passage des ans. Les plantes la passionnaient. En voyait-elle une pour la première fois, elle l'insérait dans l'un des casiers de sa formidable mémoire. Ses préparations furent bientôt réputées.

Un jour de 1762, la Comelloise herborisait à cinq lieues de son village. Près d'un chêne au large tronc, elle se trouva soudain nez à nez avec quelqu'un qui se livrait à la même activité. Ils se relevèrent d'un coup. « Quel grand gaillard ! » songea-t-elle lorsqu'il se fut déplié. C'était un monsieur. Boîte en fer-blanc derrière le dos, bâton à la main, loupe et chapeau de paille à large bord. Il se présenta : M. Philibert Commerson, médecin. Il habitait à cinq autres lieues dans la ville de Toulon-sur-Arroux, où il pratiquait son art, et se vanta de la profusion peu ordinaire de son herbier. Ses yeux rayonnaient d'un noir intense.

Jeanne apprendrait plus tard que cet homme ne respectait rien quand il s'agissait d'enrichir ses collections. Il escaladait les murs et les grilles, saccageait les parterres. Ne craignait ni les broussailles, ni les torrents, ni l'escarpement des rochers, ni le courroux des jardiniers. Il s'était une fois, tel Absalon, retrouvé suspendu par les cheveux à un arbre. Cela lui avait sauvé la vie. Les simples le fascinaient depuis l'enfance. Il avait vendu l'essentiel de ses biens pour satisfaire sa passion, et vécu plusieurs étés dans les Alpes ou les Pyrénées, herborisant auprès des bergers. Il pouvait passer quinze ou vingt jours et autant de nuits sans dormir ni prendre de repos, absorbant à la hâte du pain, des légumes et du fromage.

Sans cesser de parler, M. Commerson inspectait tel un gamin effronté le contenu du panier de Jeanne. Un gros bouquet de coquelicots voisinait avec des fleurs dont les teintes viraient du rose au violet.

– *Papaver, polygonum, symphitum, rosa canina*... recensa-t-il. Vous ne cueillez que du rouge ?

Elle répondit qu'elle préparait en effet une tisane contre l'épanchement de sang. Il s'esclaffa.

– Parce que vous croyez que le rouge soigne le rouge !

Cela paraissait évident à Jeanne. Elle l'exprima d'une voix si assurée que le sourire gouailleur du médecin s'effaça.

– Vous en avez une preuve scientifique ? questionna-t-il en plissant les yeux.

À son tour, Jeanne s'esclaffa. Dame, qu'avait-elle besoin de preuves scientifiques alors que ses tisanes guérissaient et que l'apothicaire les recommandait ! Elle revoyait en esprit les visages heureux de gens qu'elle avait soulagés. Marceau le laboureur. Jacques le vigneron. Et la grande Pierrette avec ses cinq marmots ! N'était-ce pas suffisant ?

Il lui jeta un regard intrigué, puis inspecta derechef sa cueillette. Avait-elle déterré seule sa bistorte ?

– Bistorte ? interrogea-t-elle. Jamais entendu ce nom.

Il désigna les épis de fleurs roses à la tige terminée par une racine deux fois tordue. Lui-même s'était escrimé pendant une heure, suant à grosses gouttes, pour en extirper une sans dégât.

– Ah, la langue de bœuf ! Faut savoir s'y prendre, c'est tout. Pas de brusquerie, rien que de la douceur. Comme dans tout, M'sieur le docteur.

Il bombarda la paysanne de questions, découvrit qu'elle avait beaucoup à lui apprendre.

– Et votre préparation contre l'hémorragie, de quel recueil la tirez-vous ? insista-t-il.

Jeanne sourit. Elle n'avait besoin d'aucun recueil. Les plantes et elle, c'était une connivence. Elles étaient ses alliées. Désireuse de soigner quelqu'un, Jeanne sentait que la plante apte à guérir cette personne se signalait à elle, s'attachait à elle comme par une ficelle.

Le savant, qui s'était jusque-là moqué des médecines de bonne femme, semblait troublé.

À son tour, Jeanne posa des questions. Il s'étonna de leur pertinence. La matinée passa. Chacun buvait la science de l'autre.

Ils se revirent à plusieurs reprises, échangeant toujours des éléments de leur savoir. La botanique les unissait malgré leurs divergences à son propos.

– C'est une science d'observation, soutenait M. Commerson. Les plantes sont des sujets d'études.

– Peut-être ! répliquait Jeanne, mais ce sont d'abord les amies de l'homme, et c'est le plus important.

Voyait-elle une plante pour la première fois ? Elle percevait dans l'instant des ressemblances avec un végétal familier, en déduisait ses propriétés, son mode de croissance, ses facultés curatives. Le savant n'arrivait à pareilles conclusions qu'après des heures et des heures de recherche. Bientôt il fut dans cet étrange état d'esprit de reconnaître à certains égards la supériorité de Jeanne, sans l'admettre pour autant.

Ses yeux ne cachaient point qu'il la trouvait appétissante. Il dit même qu'il aimait sa bouche couleur d'églantine. Un jour de belle moisson, ils devinrent amants.

Commerson, de treize ans l'aîné de Jeanne, était marié. Cela ne la préoccupait guère. Quand on aime un homme, on le prend habillé comme il est.

Né en 1727 à Châtillon-les-Dombes, dans la Bresse, il vivait à Toulon-sur-Arroux depuis son union deux ans auparavant avec mademoiselle Antoinette Vivant Beau. « Un coup de foudre », répétait-il à qui voulait l'entendre. Il avait renoncé pour Antoinette à ses longues vadrouilles botaniques – oh, qu'elles lui manquaient déjà ! –, et il exerçait la médecine afin d'obtenir le gain régulier susceptible de nourrir une famille.

Antoinette attendait un enfant, mais voilà qu'elle mourut trois jours après avoir donné naissance au petit Archambaud, laissant Philibert effondré. Douleur intense de perdre une femme délicieuse et tendrement aimée, embarras de ne savoir comment s'occuper de l'enfant ni de la maison, alors qu'il souhaitait poursuivre ses recherches scientifiques. Il lui fallait une gouvernante.

Jeanne ou une autre ?

Les amants étaient différents d'esprit, de langage, d'éducation. Elle était quasiment illettrée, il était un savant renommé. Quelques années plus tôt, parcourant la Savoie et la Suisse, le naturaliste avait rendu visite à M. de Voltaire qui avait souhaité l'engager comme secrétaire. C'est dire ses qualités. Il avait refusé, sans quoi Jeanne ne l'aurait sans doute pas rencontré. Et pourquoi avait-il refusé ? Il estimait que ce génie dans la République des Lettres n'était qu'un coquin dans la vie.

Jeanne ne se rassasiait ni d'apprendre auprès de Philibert ni de lui enseigner son art. Elle l'aimait, se savait aimée. Que faire sinon occuper la place de gouvernante malgré son peu d'attrait pour la vie ménagère ? L'amour donne des forces et des ailes. Par amour pour Philibert, Jeanne se mit aux marmites, tint le linge, cira meubles et parquets, nettoya les vitres et veilla sur l'enfant alors qu'elle ne rêvait que d'escapades, de cueillettes et de balades en forêt.

Avec un soin jaloux, elle ménageait cependant du temps pour les plantes. Philibert lui apprit à les classer. Peu d'années auparavant, le célèbre médecin et botaniste suédois Carl von Linné avait proposé une classification, aussitôt adoptée dans le monde entier, avec des noms en latin. Jeanne intégra si bien les notions d'embranchements, classes, ordres, familles, genres et espèces que Philibert lui confia vite l'ensemble du classement. De son côté, elle fouillait sa mémoire, reconstituait ses préparations et les dictait à son amant, qui les notait. Cela ne lui était pas compliqué. Ainsi qu'elle le lui dit :

– Il suffit d'aimer pour se souvenir.

Philibert ne semblait vivre que pour la science. Jusqu'à l'étourdissement. Il passait à nouveau quinze et vingt jours d'affilée sans dormir, ne faisant qu'étudier, observer et rédiger. Il se livrait à des expériences saugrenues. Il tentait par exemple de saigner un chat ou un lévrier avec des sangsues.

Cependant, les réflexions du voisinage devenaient toujours plus fielleuses. Vivre ensemble sans être unis par les liens du mariage : quel déshonneur, quelle débauche ! Encore les bonnes âmes qui stigmatisaient la conduite du couple ignoraient-elles que Jeanne attendait un enfant !

Il fallut quitter Toulon-sur-Arroux en août 1764.

Depuis quelque temps déjà le célèbre astronome Lalande pressait son ami Commerson de s'installer à Paris. Décision douloureuse : le médecin dut se séparer de son fils, qu'il confia à son beau-frère l'abbé François Beau, curé de la paroisse. Quant à Jeanne, ravie de voir le monde s'ouvrir, elle n'hésita pas une seconde à suivre Philibert, fit leurs malles, et s'installa gaiement dans la diligence.

À dix lieues seulement de Toulon-sur-Arroux, Jeanne entra dans le jamais vu. Costumes, demeures et paysages étaient déjà différents de ceux qu'elle connaissait. La largeur de la Loire à Digoin la laissa bouche bée. De même la taille de la commune. Au moins cinq cents demeures. Et ce grand château ! Et puis quel sentiment étrange et délicieux à l'auberge : manger ce que d'autres ont préparé, dormir dans un lit tout fait ! Ils longèrent ensuite la Loire durant deux jours. La chaise de poste était agréable mais les cahots firent souffrir Jeanne, enceinte de six mois.

À Orléans, elle songea au destin de la fière Pucelle dont elle portait le nom. Ses yeux auraient voulu saisir l'ensemble de cette ville dont on ne pouvait compter toutes les maisons ni connaître tous les habitants, avec ses ponts, ses remparts et sa cathédrale, travaux extraordinaires que les hommes avaient accomplis en commençant par extraire les pierres d'une carrière. Cependant, Jeanne était loin d'imaginer l'ampleur et le fourmillement qui l'attendaient à Paris, deux autres jours plus tard. Hôtels et palais, boutiques et cafés, foule de clochers, uniformes et vêtements bigarrés, physionomies diverses, cris des amuseurs et des petits vendeurs, carrosses qui vont grand train, querelles des cochers, va-et-vient des filles publiques… La vie devenait un théâtre. Jeanne souhaitait tout voir, tout embrasser. Elle ne se lassait jamais d'engranger du neuf.

Les amants se logèrent rue des Boulangers, non loin du Jardin du Roi. Étaient-ils à l'abri de la malveillance des habitants de Toulon-sur-Arroux ? Pas sûr. Jeanne Baret se fit appeler Jeanne Bonnefoy afin de brouiller les pistes, et se présenta comme la gouvernante du botaniste Commerson. Bien vite, elle fut aussi à l'aise dans la capitale qu'elle l'avait été dans son village.

Son enfant, un garçon, naquit donc à Paris. Elle le mit en nourrice loin de la ville, à l'égal de nombreuses familles. Comment aurait-elle pu sinon s'occuper de Philibert ? Il lui revenait de se ravitailler, tenir le ménage, entretenir le linge, préparer et classer plantes et semences, emplir les bonbonnes à la fontaine et rapporter à l'étage des dizaines de litres d'eau pour arroser les végétaux. Et où l'enfant aurait-il trouvé sa place dans le fatras d'un botaniste ? Parmi les semences qui germent, les pousses qui s'élèvent, les plantes attendant d'être tamisées, lavées, triées, séchées, les racines à trancher en rondelles qui seront enfilées sur une ficelle à la manière de chapelets, les herbiers, boîtes en bois et bouteilles de verre pour les conserver ?…

Le petit décéda quelques mois après. La nourrice l'avait-elle mal nourri, ou laissé sans surveillance ? Nul ne savait, et tant de nourrissons périssaient. « La chance a tourné du mauvais côté, se dit Jeanne, et il ne sert à rien de se lamenter. »

Philibert passait ses journées au Jardin du Roi, et la nuit il rédigeait ses observations. À peine dormait-il. Vint un soir où il décida de prendre un vrai repos. C'était alarmant. Au matin, comme il se levait, il ressentit en effet une vive douleur au thorax, et quelques heures plus tard se mit à tousser. Une pleurésie ! Il souffrit bientôt si fort que Jeanne craignit de le voir mourir. Elle le veilla jour et nuit, fit appel à son propre savoir, et rétablit le médecin en lui administrant des potions, des décoctions et des cataplasmes à sa façon.

– Je te dois la vie, lui avoua-t-il quand la fièvre tomba, aussi étonné que reconnaissant.

Toutefois, la renommée de Philibert avait atteint M. Poissonnier, de l'Académie royale des Sciences, qui le proposa lorsqu'on chercha un naturaliste pour faire le tour du monde. C'était un tel honneur pour Commerson qu'il vira couleur framboise en l'apprenant. Il remercia vivement, refusa cependant.

– J'ai un enfant de quatre ans, il faudra me résoudre peut-être à ne le revoir jamais, opposa-t-il.

– C'est pour lui que vous allez travailler ! répondit-on. Vous allez lui faire un nom, un état, et, quelle que soit votre destinée, elle le servira.

Ce discours l'ébranla, car rien ne lui paraissait plus beau que de préparer l'avenir de son fils. Des promesses flatteuses achevèrent de le convaincre.

On était en octobre 1766. M. de Bougainville appareillerait d'ici trois semaines sur *La Boudeuse*. Le naturaliste eut quinze jours pour se préparer. Si le temps s'était vendu, il en aurait acheté. Trois jours passèrent à la rédaction, sur la demande du ministre de la Marine, d'un sommaire des observations d'histoire naturelle qu'il comptait faire au cours du voyage. Il examina les trois règnes : l'animal, le végétal et le minéral. Son mémoire était si complet que le ministre en distribua des copies dans tous les départements de son ministère.

Traînant encore des séquelles de pleurésie, Philibert souffrait aussi d'un ulcère à la jambe. Maudit chien qui l'avait mordu sur une ancienne plaie alors qu'il herborisait en Dauphiné, ce qui lui avait valu trois mois de lit ! Comment assumer dans ces conditions le travail phénoménal qui l'attendait sur le vaisseau ? À chaque escale, il devrait rassembler la flore et la faune, décrire les spécimens inconnus, étudier leur utilisation, les classer et les conserver, envisager leur acclimatation en France.

– Il me faut un assistant, annonça-t-il à Jeanne.

Elle saisit qu'il l'abandonnait mais, *surtout*, elle entrevit la possibilité d'un voyage fabuleux. Découvrir le monde l'avait passionnée dès les premiers tours de roue de la diligence. Il lui semblait que plus on allait loin, plus on s'enfonçait dans l'étonnement. Quelqu'un d'autre allait profiter de cette chance extraordinaire ? Pas question !

– Je me déguiserai en homme et je serai ton assistant, répliqua-t-elle d'un ton ferme.

Il rit. Quelle plaisanterie !

– C'est interdit, Jeanne !

Elle avait beau montrer sa tristesse, il se mit à chercher ailleurs. Or, les jeunes gens rencontrés le déçurent l'un après l'autre. Mollesse, présomption, compétence moyenne… Il dut admettre que Jeanne était « un assistant » exceptionnel, que personne ne le seconderait aussi bien dans son travail scientifique. Elle lc savait, et revenait sans cesse à la charge, avec la ténacité d'un bourdon. Mais il résistait. Tromper M. de Bougainville, qui lui faisait si belle confiance ? Impossible.

Les jours passaient. L'heure du départ approchait.

Non seulement Jeanne était la meilleure, songea-t-il un soir, mais elle avait le don étonnant de le rendre heureux. Il aimait tout d'elle, son corps, son entrain, ses manières. Sa simplicité désarmante rabotait les pires difficultés… Il finit par accepter de prendre le risque insensé qu'elle lui proposait et, le lendemain, rédigea un long testament. Il y prévoyait des dispositions concernant Jeanne, et fondait un prix de morale appelé « Prix de vertu ». Le moyen d'apaiser sa conscience ?

Quant à Jeanne, le cœur gonflé de joie, soucieuse de s'accoutumer, elle enfila aussitôt les vêtements interdits à son sexe : justaucorps, veste, chemise, culotte assez large pour masquer l'absence d'attributs virils. Elle avait déjà la dextérité des bons valets, il lui restait à s'imprégner de leur conduite attentive, patiente, modeste. Sans oublier un brin de rudesse.

Et l'heure de monter dans la voiture de Rochefort survint avec une rapidité foudroyante.

Voici trois semaines que Jeanne attend l'instant d'embarquer. Mais l'exaltation des jours précédents a fondu ce matin, laissant filtrer une crainte diffuse. Elle qui croyait exercer sa liberté, n'a-t-elle pas plutôt cédé à un coup de folie ? Un nœud lui serre la gorge. Ses jambes la portent à contrecœur.

Les matelots réunis dans la chaloupe semblent tous se connaître. Des Rochefortais, sans doute. Peu bavards. Chacun vient de s'arracher à une femme, à des enfants, à de vieux parents, à une maison. À une fiancée qui agite encore un mouchoir sur le quai. Qui sait s'ils les reverront ? Qui sait ce qui peut survenir d'ici deux ans ou plus ? L'alcool et le manque de sommeil leur gonflent les paupières. Ils gardent les yeux fixés sur *L'Étoile*.

Il paraît que ce n'est point la mer ici, mais la Charente. Comment sait-on qu'on quitte le fleuve ? Une ligne de séparation ? Une frontière de sel ? L'océan commence là où s'arrête toute terre, dit-on. Celui qui ne l'a jamais vu peine à l'imaginer. Et l'odeur qui parfume le cerveau, est-ce déjà celle de l'air du large ?

Tassée entre deux barbus, Jeanne l'imberbe veille à ne croiser le regard de personne. Sa carnation rose à taches de rousseur contraste, elle le sait, avec les peaux tannées de ses compagnons. Elle cache ses petites mains sous sa cape, et se répète ce qui peut être su et dit.

Il s'appelle Bonnefoy. Prénom : Jean.

Il était laquais chez un Genevois établi à Paris.

Il voulait voir la mer.

Il est sans attache aucune.

Parti de Paris, *il* a parcouru près de cent trente lieues en treize jours. Dès son arrivée à Rochefort, *il* a appris dans une taverne qu'un vaisseau allait faire voile pour le tour du monde. Cela piquait sa curiosité. Quels gens, animaux et plantes peuplaient donc l'autre face de la Terre ? Ayant entendu qu'un M. Philibert Commerson cherchait un valet, *il* a rencontré ce botaniste, qui l'a engagé. *Il* s'y connaît un peu car, enfant, *il* cueillait des simples avec sa mère.

Une vague forte terrifie Jeanne. Son coup d'œil circulaire lui apprend que personne ne s'en est inquiété. Elle rit d'elle-même : tant de gens chaque jour prennent la mer, en reviennent le corps sain et le cœur content… Les yeux baissés vers le plancher, elle découvre un minuscule élément verdâtre dans la rainure du bois. Mousse ou lichen ? Elle inspecte la plante de haut, finit par se baisser, la décolle délicatement avec la pointe de l'ongle en veillant à extraire la racine entière, l'enveloppe dans son mouchoir et l'empoche avec douceur. Joie d'une seconde à peine. Elle se rend compte que ses gestes ont manqué de virilité. Jeanne, surveille-toi, que diable ! Ou c'en est fini du beau rêve.

Les voici devant *L'Étoile,* presque à frôler l'énorme vaisseau. Jeanne ne l'a pas imaginé aussi vaste, aussi haut. Une crampe la taraude à nouveau. Dans quelle aventure s'est-elle jetée ? Elle fait en sorte de quitter la chaloupe en avant-dernier. Position qui lui permet d'observer comment les autres s'y prennent pour escalader le flanc du navire. Et celui qui ferme la marche la rattrapera si elle vient à glisser.

Mais Jeanne atteint aisément le dernier échelon. Ce n'était pas plus difficile que d'aller chercher une boule de gui sur un peuplier. À peine s'est-elle hissée sur le pont qu'elle distingue la haute silhouette de Philibert dans sa redingote bleue, son visage volontaire empourpré d'une colère qui masque son inquiétude, sa perruque de travers, ses yeux plus luisants que du suc de réglisse.

– Te voilà enfin ! s'écrie-t-il d'un ton mi-sec, mi-soulagé. Je finissais par me demander si tu n'avais pas changé d'avis.

Elle rit sous cape. Ni Dieu ni diable ne l'auraient empêchée d'embarquer.

La chambre qui l'attendait, annonce aussitôt Philibert, était dix fois trop petite pour accueillir ses bagages. Le capitaine François Chenard de la Giraudais, commandant du vaisseau, réfléchit à lui offrir un autre logement.

– Reste ici ! ordonne-t-il.

Il tourne son long corps maigre sur une quinte de toux et s'éloigne en traînant la jambe.

Ébahie par la multitude des cordages croisés en tous sens, étourdie par la foule de gens qui courent de-ci de-là, effarée par la quantité de malles et de caisses qui s'abattent à grand bruit sur le pont, Jeanne ne sait où jeter les yeux. Elle finit par comprendre qu'elle a emprunté une sorte d'entrée de service. À bâbord, si elle en croit ses maigres notions de vocabulaire marin. Des officiers accueillent à présent avec des courbettes une redingote et un tricorne apparus à tribord par une passerelle.

Puis Jeanne se laisse captiver par l'embarquement de la nourriture sur pattes. Une vache, trois porcs, autant de moutons et des cages à volaille ont été hissés à bord lorsque Philibert réapparaît, la mine rassérénée : le capitaine lui aménage la chambre du conseil. D'un signe, il entraîne Jeanne vers le gaillard arrière, réservé à l'état-major. Deux matelots apportent justement un lit dans la pièce, se frayant un maigre passage parmi les vingt-cinq caisses du botaniste.

L'œil inquisiteur de Jeanne fait le tour du propriétaire et fixe une porte fermée, sur le côté.

– Votre cabinet de toilette… Monsieur ?

Que ce « Monsieur » est difficile à prononcer pour s'adresser à l'homme aimé ! Ça lui poisse les lèvres.

– Non, répond sombrement Commerson, qui évite son regard. La chambre du commandant.

– Et moi, où vais-je dormir ?

– Viens, on va te montrer, s'écrient les matelots.

Et d'entraîner joyeusement le valet vers le gaillard avant. Sans voir l'anxiété qui défigure le visage du maître.

Peu de temps après, Jeanne tambourine avec force à la porte.

– Monsieur ! Monsieur ! C'est Jean, votre valet !

– Entre.

Elle réfrène l'élan qui allait la jeter dans les bras de Philibert… Peinant à retenir ses larmes, elle rapporte à voix basse qu'elle pensait hériter d'un hamac, mais que seuls les officiers mariniers y ont droit. Le reste de l'équipage dort sur des galettes de cordages, ils les nomment des « câbles ». De plus, il n'y en a que pour la moitié des hommes, et il faudra céder sa place au bout de quatre heures. On ne peut s'isoler ni pour sa toilette ni pour ses nécessités, et les…

– Que pour la moitié des hommes ? s'étonne Philibert dans un murmure, sourcils froncés. Pourquoi ?

– Pour ménager plus de place aux vivres et à la pacotille.

– La pacotille ! souffle-t-il. Je croyais que c'était interdit sur les vaisseaux du Roi !

– Et avec ça, poursuit Jeanne…

Mais il lui fait signe de garder silence, désignant la cloison aussi mince que du papier. Et part en quête du commandant.

À présent, Jeanne pousse, tire et soulève les caisses. Sans souci de sa sueur. Heureuse de sa force. Plus c'est lourd, plus la joie lui gonfle le cœur.

L'après-midi était déjà bien avancé lorsqu'un matelot a invité Philibert à transporter ses effets dans la chambre de M. de La Giraudais, qui la lui octroyait. La plus belle et la plus commode du vaisseau. Le commandant a bien voulu comprendre que l'état de santé du botaniste requiert de jour comme de nuit les soins de son valet. Et que ce valet, il faut le loger près de son maître. Il a donc déménagé dans la chambre du capitaine en second, et demandé à tous les officiers de se décaler. Quel galant homme ! Calme. Distingué. Réfléchi. Courtois. Son visage marqué d'une courte balafre inspire le respect. « Celui qui a défié la mort connaît le prix de la vie », songe Jeanne. Cela la rassure de savoir qu'un tel personnage commande le vaisseau. On pouvait craindre un butor de la pire espèce. De ceux qui se soucient plus de leurs bottes que de leurs hommes. La noblesse du nom ne signe pas forcément celle de la personne, Jeanne en a fait l'expérience à Paris.

Le matelot a proposé de l'aider à déménager. « Pas la peine », s'est aussitôt récrié le valet de sa voix la plus basse. Et d'ajouter qu'*il* n'avait besoin d'aucun renfort pour accomplir son travail. Que, même s'*il* n'avait pas les épaules larges, *il* se faisait fort de porter n'importe quels ballots, charges ou fardeaux.

La chambre comporte un cabinet de toilette et un réduit, propre à servir de placard, où Jeanne dormira. Et, ce qui ne gâche rien, le bureau adossé contre le mur convient à merveille au travail du savant.

Philibert soupe[1] à présent à la table du capitaine. De son côté, Jeanne a mangé avec l'équipage, assise à même le pont, se félicitant d'avoir emporté sa gamelle, une cuiller et un couteau. Elle a observé chacun sans le montrer, n'a pas perdu une miette des propos, n'a parlé à personne. Les hommes s'asseyent jambes écartées ou à califourchon, s'essuient bouche et nez du revers de la main, font claquer leur langue après la lampée d'eau-de-vie, se complaisent à utiliser un langage peu châtié. Elle les a imités.

Heureuse d'avoir le temps de ranger à son aise, elle cale dans un coin la fragile collection de vases en terre, répartit des effets dans les deux armoires, les coffres et les caissons.

Un souci la tracasse. Philibert tousse, et boite. Une pleurésie récente et une plaie à vif sont de lourdes gênes pour quelqu'un qui se lance à faire le tour du monde. Et là-dessus, cet accident stupide à Niort, où il faillit être écrasé quand un postillon à moitié ivre fit verser leur chaise au milieu d'une grande place… Le

1. Dîne.

chirurgien pourra-t-il l'aider en cas de complication ? Plutôt jeune, ce M. Vivès à qui l'on a confié le salut de plus d'une centaine d'hommes ! Mais la valeur n'attend pas le nombre des années, dit le proverbe. Et peut-être Philibert, récemment nommé médecin botaniste et naturaliste du Roi – son brevet doit lui être expédié sous peu –, vient-il utilement en renfort.

Le chirurgien au nez osseux vidait un verre de vin dans la chambre du conseil lorsque Jeanne est passée, portant la galette de tissu que le second capitaine, M. Caro, a bien voulu lui donner pour en faire sa couche. Air revêche, sourcil circonflexe, coins de la bouche abaissés, François Vivès l'a fixée d'un regard sec et perçant. Elle lui a rendu son regard. Un homme ne baisse pas les yeux.

Philibert revient fort joyeux de son souper. Il a eu le plaisir d'y retrouver M. Véron, rencontré jadis auprès de son ami le célèbre savant Lalande. Véron est recruté ici comme premier pilote et astronome du Roi. Il a pour mission d'observer diverses longitudes et surtout le passage de Vénus sous le disque du soleil, prévu le 5 juin 1769 ; le dernier passage s'est effectué en 1761 ; Lalande estime que les terres situées dans la mer du Sud fourniront le meilleur poste d'observation. Les autres convives étaient le chirurgien Vivès, M. Michaud, écrivain de la Marine, et le père Buet, aumônier venant de Quimper, toutes personnes d'excellente compagnie. Le vin était bon. Le chirurgien et l'aumônier lui ont particulièrement fait honneur.

Le maître embrasse d'un regard satisfait la nouvelle ordonnance de la chambre, et s'assied devant le bureau où Jeanne a disposé son matériel d'écriture.

Il écrit. Les chandelles grésillent et la plume gratte. Jeanne case en silence les grands cahiers pour les futurs herbiers, les feuilles de papier à dessin, à sécher et à écrire, les pains de cire à cacheter les vases, des livres de botanique, un traité de marine, des cahiers sur les médicaments.

Philibert rédige de sa main nerveuse une longue lettre destinée à un ami botaniste. « On m'a passé un valet de chambre gagé et nourri par le Roi », lit Jeanne par-dessus son épaule. Elle sait lire, recopier les noms des plantes, et signer de son nom, mais n'a jamais su écrire les phrases qui se forment dans la tête.

Sa missive terminée, Philibert ouvre l'un de ses grands cahiers, en remplit trois pages. Puis il en inaugure un autre par une page de titre joliment tracée, et cède enfin à la fatigue en maugréant. Le bruit de sa respiration s'élève bientôt du lit en alcôve.

Jeanne peut elle aussi songer à dormir. Elle jette un coup d'œil par la fenêtre, le « sabord » disent les marins, écoute la nuit percée du cri des mouettes, voit le croissant de lune danser dans l'eau et, le cœur ardent, murmure sa prière.

Elle est lasse, mais heureuse. Elle a bien rempli sa fonction en ce premier jour. Le métier de valet est dur, ingrat, toutefois rien ne lui pèsera. Elle sera prévenante, fidèle, dévouée. Philibert n'aura pas à regretter de l'avoir emmenée. Elle accomplira sa tâche avec amour, ainsi qu'elle s'en est acquittée jusqu'ici. Grâce à quoi, elle verra le monde. Il lui tarde de retrouver les plantes dans leur fraîcheur. Depuis combien de temps la terre n'a-t-elle plus collé à ses semelles ?

Jeanne se déshabille sans bruit, enlève sa large chemise de grosse toile. Apparaît le torse bandé. C'est une longue bande dont elle déroule les nombreux tours.

Ses seins sont douloureux d'être comprimés depuis l'aube. Elle libère ses cheveux, et redevient la Jeanne de toujours. La prudence voudrait qu'elle se couche sans embrasser Philibert, mais elle ne peut s'y résoudre. Elle rejoint d'un pas silencieux le lit en alcôve, et se glisse auprès de l'homme endormi.

– Mon bon Jeanneton, murmure-t-il du fond de son sommeil, en la serrant dans ses bras.

Elle reste quelques instants lovée contre lui, malgré l'inquiétude qui les ronge tous deux à l'idée d'être surpris. Puis elle rejoint son placard, attentive à ne pas faire grincer le plancher. Et lui, malheureux de la savoir enfermée dans un trou à rat, ne ferme plus l'œil de la nuit.

3

Rade de l'île d'Aix
12 janvier 1767

Les nuits du capitaine La Giraudais ne sont guère plus sereines que celles de M. Commerson. Il y a d'abord eu l'acharnement contre lui de M. de Ruis-Embito, l'intendant de la Marine, et il n'en comprenait pas la raison.

Quel mauvais souvenir, la visite du fonctionnaire ! La Giraudais se revoit devant la soute à biscuit. « Quand donc cet odieux personnage prendra-t-il le large ? » s'impatientait-il tout en affichant son sourire le plus avenant. Ah, ces questions insidieuses ! « Non, Monsieur l'intendant, personne n'a couché ici. Non, Monsieur, rien n'a été entreposé à cet endroit, ni cordages, ni barils de liqueurs. Non, Monsieur… » Tandis que M. de Ruis-Embito tentait de déceler l'odeur suspecte ou la trace d'humidité qui l'amènerait à interdire d'embarquer le biscuit, la denrée fondamentale, le commandant songeait à la grogne de l'état-major qu'il allait devoir calmer au plus vite.

C'est que les officiers ont mal accueilli leur déménagement forcé : chacun a dû se décaler d'une chambre après que La Giraudais a offert la sienne à Commerson. Le commandant n'aurait rien su de cet état d'esprit fâcheux si lui-même n'occupait à présent une chambre d'officier juste séparée de la suivante par une cloison de toile… À quelque chose, malheur est bon : plus proche de ses hommes, La Giraudais perçoit mieux les sujets de mécontentement, jalousies et rivalités qui pourraient nuire à la bonne marche du vaisseau.

Jeanne conserve un souvenir étrange de la vie d'entre-deux menée dans la rade de Rochefort. Ils n'avaient pas encore quitté la terre, ils n'avaient pas encore pris la mer.

Philibert faisait la navette, volait de manoir en demeure : intendant, commissaires généraux, officiers municipaux, chacun entendait le fêter. Nul ne pouvait imaginer qu'il masquait des idées noires. Quel serait son désespoir si Jeanne était découverte avant le départ ! Pendant ce temps elle s'acclimatait en silence, perfectionnait son déguisement, prenait ses repères, restait aux aguets, travaillait à gommer son sourire naturel. Elle s'essayait aussi aux attitudes d'homme. Marcher d'un pas lourd, mains dans les poches. Agir avec brusquerie. Répondre d'un ton rogue. S'asseoir à califourchon. Cracher dans les coins. Taper du poing sur la table.

Le navire aurait dû appareiller à la fin du mois de décembre, mais l'embarquement des vivres piétinait, d'après La Giraudais. Le capitaine pestait contre l'intendant de la Marine qui ne cessait de lui créer des difficultés. « En fait, M. Ruis-Embito invente des chicanes pour nuire à mon père », révéla Jean-Robert Lemoyne, fils du commissaire général de la Marine. Et de donner les détails d'un affrontement mesquin entre fonctionnaires, dont *L'Étoile* pâtissait.

Jeanne éprouve de la sympathie pour ce jeune homme pâle aux cheveux cendrés, à l'œil bleu ardoise, guère plus haut qu'elle. Il a les pommettes lie-de-vin, les yeux fiévreux, les lèvres sèches. Il tousse. Une toux qui le courbe en deux et lui fait cracher des glaires sanguinolentes. Son père a tenu quand même à le voir embarquer comme volontaire avec M. de Bougainville. Il rejoindra *La Boudeuse* aux Malouines, espère passer bientôt garde de la Marine. Il aura vingt ans au retour. Sa voie est tracée. À lui une vie de belle aventure ! Jeanne l'envierait s'il ne toussait aussi violemment.

L'Étoile a enfin appareillé le 10 janvier. Mais juste pour atteindre la rade de l'île d'Aix, à une vingtaine de lieues, où l'on termine à présent de charger. La Giraudais attend avec impatience ses barriques de vin de Bordeaux. On prendra ensuite le vrai départ.

Le capitaine se plaît à signaler que le retard de *L'Étoile* n'aura qu'une conséquence minime sur l'expédition. *La Boudeuse*, partie de Paimbœuf le 15 novembre, a dû relâcher à Brest. Un coup de vent avait emporté son grand mât de hune. Elle en a profité pour changer ses canons, a repris la route le 5 décembre seulement.

L'homme propose, la mer dispose.

Jeanne aime déjà la maison flottante dont elle se réjouit de répertorier tous les recoins. Une maison dont elle n'a pas à assumer l'intendance, quel repos ! *L'Étoile* lui offre de retrouver le goût délicieux de la liberté. Celle du temps où elle vivait à la lumière du soleil, ramassait des plantes, préparait des remèdes et recueillait les sourires des gens qu'elle avait guéris. Elle déguste le bonheur d'aller tête nue. Pourquoi les femmes sont-elles obligées de porter toujours une coiffe ou un bonnet alors que les hommes, eux, font ce qui leur chante ? Perruque ou pas, chapeau ou pas, ils ont le choix, eux ! Et pourquoi les femmes sont-elles toujours obligées d'obéir aux hommes ?

Elle s'astreint à rester en chambre, car elle peut encore être débarquée si l'on surprend son secret. Mieux vaut se faire oublier. Moins elle s'exhibe et moins elle parle, moins on risque de découvrir l'imposture. Bouillant d'impatience, elle colle souvent son nez au sabord et observe l'au-dehors avec avidité. C'est ainsi qu'elle voit une fois, à la nuit presque tombée, des officiers tirer en silence des ballots de légumes secs, et les remplacer par des marchandises. Une atmosphère de conspiration. Philibert repère bientôt les raisons du trafic : La Giraudais, qui a embarqué de la pacotille afin d'arrondir sa solde, n'a pas pu interdire à ses officiers de l'imiter. Ce sont des rouleaux de soie, des vins fins, des armes, les dernières créations de la mode parisienne.

– Si c'était ce *chargement-là* qui retarde le départ ? chuchote Jeanne. Et pour le coup, ça va pas manquer, les légumes ?

« Espérons qu'elle se trompe ! » songe Philibert. Mais il n'a jamais pris son intuition en défaut.

Le navire est indéniablement surchargé. Des ballots bloquent l'accès à l'eau et aux vivres. Vingt barriques d'eau stationnent sur le pont et la dunette disparaît sous le bois. La grande chambre, où se restaurent les officiers, est encombrée à ne pas pouvoir passer. Les matelots, chassés de l'entrepont, couchent çà et là sur des coffres mal arrimés, au risque de se faire écraser en cas de roulis. Des distributions de rhum calment les plaintes de ces gens toujours pressés de s'humecter le gosier.

– Le vaisseau est chargé de trois pieds plus que son tirant d'eau ordinaire, avoue M. Caro, le second capitaine, ancien lieutenant de la Compagnie des Indes.

Il se ronge les ongles. Son embarras est manifeste.

Des connaisseurs à Rochefort ont prédit les pires malheurs en cas de coup de vent dans les caps. Philibert plaisante à l'idée de finir peut-être dans le ventre d'un requin. Une perspective à ses yeux plus noble et de plus courte cérémonie que celle d'être dégusté par les vers terriens.

4

Au large de l'île de Fort Aventure
et des îles Canaries
28 février 1767

Ce matin, la vigie a crié terre. Îles Canaries à tribord et île de Fort Aventure à bâbord. Des noms qui n'avaient jamais frôlé l'oreille de Jeanne, et ce ne seront pas les derniers !

Le soleil brille, la mer est bleu saphir. Presque calme. Enfin ! Car le premier mois de traversée a été éprouvant. Des visages cadavériques hantaient le vaisseau.

L'Étoile a fini par appareiller le 1er février. L'heure de la liberté sonnait pour Jeanne, émerveillée par la puissance et la beauté des voiles qui se gonflaient, la finesse et la précision des manœuvres exécutées par une centaine d'hommes liés comme un seul. Elle n'avait pas imaginé spectacle aussi grandiose, et les remarques acides du chirurgien Vivès ne diminuèrent pas sa joie. Il estimait en effet risqué de sortir avec de tels vents de sud. Dans ce cas, déclarait-il d'un ton pincé, les vaisseaux préféraient rester en rade.

– J'aime le sabre qui tranche, les vérités qui claquent tel un étendard au vent, et je ne me prive pas d'exposer les évidences qui me frappent la cervelle, se vanta-t-il auprès de Commerson.

Jeanne écoutait à peine, tout au spectacle qui s'offrait à ses yeux novices. Les vagues couronnées d'écume se poussaient l'une l'autre à perte de vue, et la mer embrassait le ciel à l'horizon. Hélas ! aussitôt commencèrent le tangage et le roulis.

Philibert, qui n'avait pas éprouvé de nausées pendant la traversée jusqu'à l'île d'Aix, pensait avoir les grâces de l'état marin. Il déchanta dès les premières lieues. Soudain des sueurs froides l'inondèrent, son cœur faiblit, sa vue se troubla et il dégurgita tout ce qu'il avait avalé. Il ne tenait plus debout. Il avait le visage couleur de vieux papier, fripé comme un cœur de laitue. Vingt personnes subissaient ce sort de misère. Et Jeanne elle-même. Sa bande de poitrine l'étouffait. Les autres riaient. Les vomissements du naturaliste se teintèrent de sang, et il craignit une rupture des vaisseaux pulmonaires. Ayant repéré que le tangage était moindre au centre du navire, il campa au pied du grand mât. C'était aussi le moyen d'éviter les remugles exhalés par les cales et les parcs à bestiaux. Au deuxième jour, il décida de se nourrir à nouveau, mais sitôt pris, sitôt rendu.

– Je ne dîne qu'à titre d'emprunt, claironnait-il, se vantant d'être exact à tout rendre une demi-heure après.

Jeanne apprit d'un matelot que la bonne méthode consistait à manger du biscuit en buvant de l'eau-de-vie. Cette *matelotade* ne servit qu'à faire hoqueter le malade.

Victime de vertiges qui le clouaient sur place, plongé dans une torpeur qui le rendait indifférent à tout, Philibert se repentait de s'être embarqué. Il comparait le navire à une souricière où, tel un rongeur, il s'était laissé prendre pour avoir entrevu un petit morceau de lard. Furieux d'être affaibli, il s'emportait contre Jeanne et la rabrouait, les yeux pleins de colère. Elle ne s'en offusquait pas, sachant que la crainte de la voir découverte envenimait le courroux de son amant. Placide, elle ne le laissait manquer de rien, nettoyait ses vêtements à mesure qu'il les souillait. Elle n'avait pas d'autre moyen de lui témoigner son amour.

Ayant pu enfin profiter d'un souper et dormir une nuit entière, Philibert s'aperçut au matin que l'état de sa jambe s'aggravait. Une bordure enflammée cernait la chair livide. Puis cela suppura. Sa science n'en venait pas à bout. Jusqu'au jour où, découragé, se souvenant peut-être d'avoir été bien soigné lors de sa pleurésie, il s'en remit à son « valet ». La véronique s'imposa pour Jeanne. Elle lava la plaie avec une décoction de cette plante, en fit infuser dans du vin, en pila pour l'appliquer sous forme de cataplasme. « Tout menace de se rouvrir si les fomentations de vin aromatique ne l'empêchent », résuma Philibert dans son journal. Or, le mal céda ! « N'importe qui peut décortiquer une véronique et observer comment elle est faite, se dit Jeanne, mais attraper des signes sur le pouvoir de la plante, c'est autre chose ! »

Philibert restait cependant d'humeur chagrine, car chaque jour apportait son lot de contrariétés. Cela débuta par une avarie de la voile de misaine. Il grogna que c'était commencer de bonne heure à rapiécer. On dut border le grand hunier afin de la raccommoder. Ce qui ne profita pas à la progression.

On n'avait encore rien vu. Un nuage noir annonça un grain, puis un autre, et ils se succédèrent sans fin. Des vagues plus hautes que des maisons assaillirent le vaisseau. Comment ne le brisaient-elles pas en retombant ? Ça craquait, ça grinçait, ça piaulait de partout. On ne se sentait nulle part à l'abri. Il fallait hurler pour s'entendre. Des démons semblaient s'être emparés de la flûte, roulée par les flots tel un vieux sabot. Les vents frappaient les voiles avec un sifflement furieux. « Carguez le grand perroquet ! Carguez le cacatoès ! Carguez la perruche ! » braillaient les officiers. Ces noms d'oiseaux faisaient s'envoler les matelots à des hauteurs effrayantes. Jeanne souffrait et priait pour eux.

D'autres commandants auraient cherché à gagner un havre, ce que suggéraient nombre d'officiers. Mais La Giraudais craignait de compromettre à jamais l'expédition s'il aggravait son retard. Il ordonna de mettre à la cape. À peine avançait-on, ballottés comme des noix dans un sac. Pendant ce temps, l'eau s'infiltrait dans les soutes. Les tonneaux valsaient, le biscuit pourrissait, les bestiaux périssaient. Seules des volailles haut placées pouvaient espérer survivre.

Or, les ballots accumulés sur le pont empêchaient l'accès aux cales. Les bourrasques étaient si violentes qu'il fut impossible de tirer les barriques d'eau douce. On rationna l'équipage durant cinq jours. Les hommes mouraient de soif au milieu des eaux. Regard éteint, lèvres gercées, ils ressemblaient à des automates.

– Du jamais vu, gronda François Vivès en écho à la colère de Philibert.

– La faute aux pacotilleurs, s'accordèrent-ils d'un air entendu.

– Le beau temps semble vouloir s'installer, disent les matelots sur le pont. Pas trop tôt.

Philibert retrouve son allant. Sa plaie a guéri, les nausées le laissent en paix. Il reprend bientôt son habitude de travailler dix-huit heures sur vingt-quatre, laisse brûler sa chandelle pendant les trois quarts de la nuit. Emporté par son obsession de la découverte, il ne se souvient même plus d'avoir comparé le vaisseau à une souricière.

En quête de vie animale, il court de tous côtés sur le pont, au risque de gêner les manœuvres. Il accumule les observations : on a vu passer le long du bord une tortue endormie qui pouvait peser 300 à 400 livres. Elle était couverte de bernaches et de petits coquillages. Les marsouins ne l'intéressent guère, il les connaît bien. Ceux-là peuvent aller directement aux cuisines. Pour les autres poissons, défense de les porter au coq avant de les lui avoir montrés. Sinon, il explose comme un volcan.

Un requin en vue ! Philibert bondit de joie, trépigne d'impatience. Son intérêt s'accompagne toujours d'une sorte de violence.

Immobile à la surface de l'eau comme s'il était endormi, le monstre fait au moins vingt-cinq pieds. Il faut l'avoir ! Mais on ne mettra pas la chaloupe à l'eau. Il pourrait la renverser et engloutir un homme. Depuis le vaisseau, un harponneur lance de toute sa force son instrument sur la bête. Qui reste sans mouvement, comme insensible. Un matelot aide l'homme de l'art à enfoncer davantage le harpon. Le requin s'agite alors pour s'en débarrasser, faisant jaillir des flots d'écume, jusqu'à ce qu'un cuisinier lui jette un morceau de lard attaché à un autre harpon. Il le gobe. Cette fois, on le tient !

– Tirez la corde, vous autres ! crie le harponneur. Tirez ! Tirez donc, sacredieu !

L'un des mousses tremble de peur. Il voit que la bête n'est pas morte. Il avise la redoutable rangée de dents. Il se souvient de récits terrifiants où des cuisses d'hommes nageaient dans le ventre du monstre…

– Tirez, vingt dieux, tirez !

Jeanne voit le garçon blême incapable de commander ses muscles.

– Pousse-toi !

Elle crache dans ses mains, lui arrache la corde, s'y met. La bête progresse alors vers le vaisseau, est enfin hissée sur le pont, y retombe agitée de soubresauts. Le reste n'est qu'affaire de bons couteaux.

L'effort violent a gonflé les veines de Jeanne sous la fine peau des tempes. Elle est en nage, mais elle a bien tenu sa place ! Et lit le respect dans les yeux de Philibert.

Enthousiaste, il tourne à présent autour de l'animal, en décrit à voix haute l'apparence et l'anatomie. Jeanne recueille mentalement son monologue. Le naturaliste remplira ensuite ses cahiers sous sa dictée. Comment s'y prendrait-il sans elle, sans sa mémoire étonnante ? Même s'il sent son cœur flancher chaque fois qu'un matelot la frôle, il se félicite d'avoir contenté son désir d'embarquer.

Commerson se moquait des récits sur les poissons-pilotes qui accompagnent les requins. Mais là il le constate de ses propres yeux ! S'ensuivent les questions. Quel intérêt trouvent ces deux poissons à se suivre ? Certes les petits, il en a vu cinq ou six autour du nez du requin, se nourrissent des parcelles de proies que le gros laisse échapper… Et pourquoi le vorace ne cherche-t-il pas à les engloutir ? Lui seraient-ils utiles ? Verraient-ils plus loin que lui ? L'avertiraient-ils de l'approche d'une proie ? Sont-ils des espions à gages ou seulement de faibles petits poissons qui naviguent sous la protection d'un fort ?

Petit à petit, la compréhension se fait. Le travail des pilotes consiste à récupérer les parasites des requins. Ceux-ci, reconnaissants, ne les assimilent pas à des proies. Les poissons nettoyeurs adhèrent à leur hôte par une sorte de râpe sur la tête. On dirait un bouclier armé de petites lames.

Il y a une bonne dizaine d'années, le célèbre Linné, qui avait entendu vanter les qualités de Commerson, lui commanda d'étudier les poissons de la Méditerranée. Et pas pour n'importe qui ! C'était à l'intention de la reine de Suède. La souveraine fut si charmée par son travail qu'elle lui adressa de riches présents.

Les pitreries des grands de ce monde font rire Philibert. Toutefois, il accepte volontiers les honneurs qui lui donnent les moyens financiers de produire ses écrits. Ainsi son *Ichtyologie* ! Il s'attristait de n'avoir pas trouvé le temps de la publier avant son départ, mais s'en réjouit désormais : les découvertes qui l'attendent en ce voyage la compléteront utilement.

– Pour notre herbier de poissons ! annonce-t-il à son « valet » en lui tendant un spécimen brun à nuances bleuâtres.

Il rayonne.

Jeanne tire des ciseaux pointus de sa poche, fend le pilote en deux, écarte la colonne vertébrale et les viscères. Le plus difficile, c'est de conserver la tête intacte. Il faudra ensuite assécher l'animal avec un linge ; l'étaler sur une planchette, écailles au-dessus, en fixant les nageoires avec des épingles ; l'exposer au soleil jusqu'à ce que la chair se sépare de la peau. Il ne restera qu'à mettre cette peau entre deux papiers afin de l'aplatir.

Attiré par l'odeur, le chat du navire délaisse la chasse aux rats pour venir se frotter aux jambes de Jeanne… Qu'il est mignon ! Elle va le caresser, comme ferait toute jeune femme, mais soudain s'avise qu'elle n'a vu ici aucun homme le faire, et lui balance à regret un bon coup de pied.

Elle étale le poisson sur une planchette quand elle entend des cris sur le pont. La voix de Philibert ! Elle accourt, le cœur affolé. Un attroupement s'est formé autour de lui. Il tente en vain de se séparer d'un pilote, agité de soubresauts, qui lui colle au pouce.

– Laissez-moi faire ! propose un matelot bâti en hercule.

L'Hercule, c'est son surnom, tire de toutes ses forces d'homme habitué à toujours l'emporter. L'effort fronce ses sourcils roux. Peine perdue. Il aurait arraché la peau du savant si celui-ci ne s'était pas mis à crier.

– Jean, regarde ! supplie Philibert d'une voix angoissée.

Il est livide. Des gouttes de sueur lui perlent aux tempes.

Jeanne réussira-t-elle là où deux hommes associés ont échoué ?

Elle a observé en préparant le poisson pour l'herbier que les lames de la râpe sont toutes orientées dans le même sens. Or elle s'aperçoit, inspectant de près le parasite collé à la main de Philibert, que l'Hercule a tiré à rebours de ces lames. Elle tire dans l'autre direction, et le fait glisser sans peine ! Philibert et elle rient de bonheur. Le matelot lui envoie dans le dos une tape à lui faire éclater les poumons.

– Petit comme tu es, je ne te pensais pas aussi fort ! dit-il en tirant les poils de son collier roux.

Dans sa joie, elle laisse échapper son rire naturel, plus aigu que celui auquel elle s'astreint. Rire qu'elle travestit aussitôt, mortifiée, mais qui s'éteint subitement : la main droite de Philibert reste suspendue dans le vide.

– Mon pouce, gémit-il.

La main est engourdie, et le pouce paralysé. « Aide-moi, mon Jeanneton ! » crie-t-il en silence. Chacun lit dans les yeux de l'autre la douleur de ne pas pouvoir le prendre dans ses bras.

– Dis donc, petit…

C'est la voix joyeuse de l'Hercule, qui claque un grand coup sur l'épaule de Jeanne !

– … si on faisait une partie de lutte !

– Quand tu veux, promet-elle sans le regarder, les yeux fixés sur le pouce de Philibert. Mais pas maintenant. Tu vois bien que M. Commerson a besoin de soins.

– Alors à la prochaine fois ! fait l'Hercule, bon prince. Mais je ne te laisserai plus te défiler. Sinon tout le monde saura que tu as le courage d'une crevette.

5

La ligne équinoxiale
21 mars 1767

« Un enfant, mon Philibert », songe Jeanne avec tendresse.

Elle arrête un instant ses rangements, éponge la sueur qui lui dégouline en pluie par tous les pores. L'air est étouffant. Sa peau colle et ruisselle. Sa bande de poitrine est à essorer. Elle peine à respirer. Ah, qu'elle aimerait aller torse nu comme n'importe quel matelot !

« Ils sont tous couturés, songe-t-elle. Pas un qui ne se flatte d'une cicatrice. Dur métier ! »

Philibert apparaît, le sourcil froncé. Les causes n'en sont ni l'état de son pouce, redevenu aussi vif qu'auparavant, ni la température de fournaise.

Il soupait avec les convives habituels à la table du capitaine, dégustant un pâté de marsouin et commentant le passage de l'équateur prévu pour le lendemain, lorsqu'on entendit des coups de fouet, puis hennir et piaffer. Quelqu'un frappa. « Qu'y a-t-il ? » interrogea La Giraudais, feignant de l'ignorer. « C'est le père Tropique, envoyé du Bonhomme La Ligne. »

Le capitaine fit ouvrir. On aperçut alors le tonnelier, vêtu de propre et d'importance, juché sur une monture formée de deux matelots qui marchaient à quatre pattes. Deux balais à longs fils d'étoupe leur composaient une crinière et une queue ; un masque de carton en forme de tête de cheval leur cachait le visage. Le tonnelier mit pied à terre, laissa les bêtes à la porte, et tendit une lettre au capitaine. Celui-ci la lut à haute voix.

La missive signée « le père Tropique, gendre du Bonhomme La Ligne » commandait au capitaine de se conformer aux us et coutumes de la Marine, par conséquent de faire baptiser le lendemain les profanes qui n'avaient jamais traversé la ligne équinoxiale.

– Ridicule, s'énerve Philibert.

Jeanne hoche la tête. Elle a vu les préparatifs. Sérieux en diable, qu'ils étaient, avec leurs airs de sacristains. Comme s'il y allait de leur accès au paradis.

Le maître charpentier, le plus ancien à avoir passé la ligne, a été désigné pour figurer le Bonhomme. Il a choisi ses esclaves, son clergé et sa suite, est monté en haut du grand mât. Là, feignant de trembler de vieillesse, il a lancé des questions d'une voix tonitruante. Le nom du bâtiment ? Qui le commande ? Le nombre de profanes qui aspirent au baptême ? Le vaisseau lui-même a-t-il été baptisé ? Puis il est redescendu sur le pont et, empreint de solennité, a chargé le tonnelier de rendre visite au capitaine afin de décider de l'heure du baptême, le lendemain.

« Concert de chansons à boire et belle démonstration de bêtise humaine en perspective ! » songe Jeanne. Elle se terrera tout le jour dans la chambre. Il serait étonnant qu'on s'avise de la chercher, car son attitude fait qu'on la voit à peine. Elle se fond dans le décor. Elle n'adresse jamais la parole à qui que ce soit. Une souris, une violette ou une fraise des bois ne sont pas plus discrètes. Elle ne se mêle à aucun groupe, rase les murs de peur de rencontrer l'Hercule. Une partie de lutte ne l'effraie pas. Elle perdra, voilà tout. Y a pas de honte à ça. Mais s'il l'empoigne, il sentira l'enroulement de la bande sous sa chemise…

Philibert, lui, assistera à la cérémonie. À terre il aurait épanché sa détestation. Mais pas de disputes en mer. L'unité compte avant tout, à bord. Sinon comment pourrait-on surmonter les difficultés d'importance ?

Et surtout, renâcler risquerait d'attirer l'attention sur l'absence du « valet ».

Le lendemain dès l'aube, grand branle-bas dans les hunes pour préparer la mascarade, tandis qu'on range les récipiendaires sur le gaillard arrière. Ils sont une quarantaine. Dont Philibert.

Les esclaves du Bonhomme La Ligne les disposent en deux files, l'état-major à tribord et le reste de l'équipage à bâbord, puis les attachent par les pouces avec une corde qui va d'un bout à l'autre du gaillard. On passe ensuite tout le monde en revue afin de s'assurer que personne ne se soustrait à la cérémonie. Philibert feint la décontraction, plaisante avec son voisin, mais il est au supplice et son cœur bat la chamade… Il éprouvait cette même peur, adolescent, lorsqu'il s'attendait à être sanctionné pour sa conduite turbulente. Encore était-il seul en cause…

Ouf ! personne ne s'est aperçu de la défection de Jean Bonnefoy ! Philibert respire. Pourvu qu'on ne vérifie plus !

Le Bonhomme et ses acolytes descendent des hunes. Les mousses, nus des pieds à la tête, entièrement enduits de goudron et encollés de plumes de volailles, sautent dans les haubans à la façon des singes, sont saisis de mouvements convulsifs. Des hommes cachés sous de grands masques à cornes, recouverts de peaux de mouton, armés de queues et de griffes, marchent à quatre pattes, dansent comme des ours, hennissent, grognent, miaulent, aboient sous le vacarme de vingt cornes à bouquin et de toute la batterie de cuisine.

La cacophonie parvient aux oreilles de Jeanne. Malgré son jeune âge, elle ne regrette en rien d'échapper aux réjouissances. Gestes et rires vulgaires, simulacres et chapelets de grivoiseries lui répugnent. Elle déteste le spectacle de gens qui s'abandonnent à l'animalité, qui perdent le sens des valeurs.

Philibert, qui brûle de la rejoindre, ne peut se risquer à bouger. Après plusieurs parades, le Bonhomme La Ligne, attifé d'une tiare de cornes à trois étages et d'un attirail ridicule, va siéger sur le trône qu'on lui a préparé. Son chancelier fait le tour des récipiendaires et obtient des promesses de chacun. Infliger aux autres ce qu'on a subi, ne jamais prendre la femme d'aucun marin ou matelot absent. Philibert éclate de rire en songeant aux cornes des masques, mais retrouve son sérieux lorsque le frère quêteur lui tend le bassin à offrandes.

François Vivès l'a renseigné sur le déroulement des opérations. Aussi pioche-t-il largement dans son gousset. Cela lui évitera d'être baptisé avec trop de zèle. Il est certes poussé dans la chaloupe d'eau de mer et arrosé à seaux, mais n'est pas condamné à boire la tasse, n'est pas couvert d'ordures nageant dans l'urine, n'est pas barbouillé de noir de fumée. La cérémonie se poursuit : les mousses sont fouettés, les arrosants courent en tous sens après les nouveaux baptisés. Dont l'Hercule. Philibert le suit de l'œil, le voit distribuer force taloches avec ses gros battoirs. Enfin bosses et contusions lassent chacun de cet aimable exercice. Arrive donc l'heure des libations et des réjouissances nocturnes. Tambours, fifres et violons sont de la noce. Philibert peut s'éclipser.

– Dire que cette cérémonie stupide a été adoptée par toutes les nations ! maugrée-t-il en tendant à Jeanne ses vêtements bons à lessiver.

Heureusement qu'il n'a pas mis sa redingote bleue ! Jeanne en a profité pour repriser un accroc. L'occasion de se souvenir du dernier essayage… C'était à Toulon-sur-Arroux, au mois d'août 1764. Cachée – comme aujourd'hui ! – dans la chambre du petit Archambaud endormi, elle attendait avec impatience le départ du tailleur. Il lui restait encore si peu de temps pour boucler les malles !

Jeanne aime coudre, mais il lui plaît surtout d'utiliser l'aiguille de sa mère. Elle ne s'en est jamais séparée. Chaque point lui rappelle son enfance. La mère ravaudait à la lueur d'un bout de chandelle les vêtements qui seraient remis le lendemain.

Le jour suivant, soleil, joli frais et belle mer aident à se laver des heures nauséabondes. *L'Étoile* a parcouru la moitié du chemin jusqu'à l'Amérique. On avance toutes voiles dehors. Bientôt, on touchera terre. Et qui dit terre, dit plantes. Les plantes ont donné à Jeanne les plus belles joies de son existence. La couleur verte lui manque autant qu'un être cher.

Ce qui la réjouit aussi, c'est l'idée de rencontrer ceux qu'on appelle des Sauvages. Il paraît qu'ils habitent dans les forêts, se vêtent de feuilles ou de peaux de bêtes, nagent, pêchent, chassent et cueillent. La vie qu'elle aime !

6

Au large du Brésil
26 avril 1767

Certes *L'Étoile* avait parcouru une grande partie du chemin jusqu'à l'Amérique, mais Jeanne avait encore bien des péripéties à vivre avant d'entamer sa conquête du monde botanique ou de rencontrer les Sauvages.

Ainsi, dès le lendemain du passage de la ligne, des matelots s'avisèrent que le domestique Jean Bonnefoy ne s'était pas fait baptiser. Et d'en informer aussitôt le maître tonnelier. Qui vit rouge, s'en alla derechef en parler au second maître d'équipage. Qui en toucha deux mots au premier maître. Lequel révéla l'affaire à M. Jean-Louis Caro, second capitaine.

Le premier maître en profita pour évoquer le murmure qui courait : il y avait à bord une fille déguisée.

Le tour de hanches de Bonnefoy, ses épaules modestes, son petit visage rond piqueté de taches de rousseur, sa voix tendre et claire, son menton imberbe, son attachement à son maître, sa dextérité et la délicatesse de ses gestes engendraient la suspicion. Personne ne l'avait jamais vu se déshabiller ni fréquenter les bouteilles[1].

M. de La Giraudais reçut les deux nouvelles, somme toute elles ne faisaient qu'une, par ce tic de plus en plus fréquent qui lui crispait les lèvres au coin gauche. Situation délicate ! Après réflexion, les deux chefs décidèrent d'ignorer la rumeur. Mais elle enfla ! Elle circula dans l'entrepont, sur les gaillards avant et arrière. Les officiers se plaisaient à la propager, ravis de rendre au naturaliste la monnaie de sa pièce. N'avaient-ils pas dû se décaler chacun d'une chambre lorsque La Giraudais avait offert la sienne à Commerson ? Le botaniste n'occupait-il pas à lui seul quinze à vingt pieds cubes qui auraient pu accueillir la pacotille ? Du coup, elle encombrait le pont !

Le poste de second capitaine vouait M. Caro aux fonctions pénibles. Chargé de démêler l'affaire, il se mit en quête du chirurgien, le trouva dans la chambre du conseil près d'une carafe de vin, évoqua sans détour son souci.

– Vous avez bien une idée sur la question, lança-t-il. Un chirurgien, ça connaît les hommes.

– Adressez-vous au *médecin du Roi* ! répondit Vivès avec humeur.

Il ne digérait pas la nomination qui avait placé Commerson au-dessus de lui, alors qu'il s'était cru le chef du navire en matière de santé.

Caro s'en retourna, fit l'autruche, mais il devint impossible de continuer à méconnaître les ragots. La Giraudais le chargea donc d'expliquer au médecin qu'il ne convenait pas, sauf nécessité impérieuse, de coucher son domestique dans sa chambre, qu'il soit

1. Lieux d'aisance.

féminin ou masculin. L'un et l'autre cas ne pouvait qu'occasionner du scandale. M. Commerson avait intérêt à signifier lui-même la séparation à son valet.

Le botaniste accueillit l'avis avec urbanité, réussissant à cacher son impression de recevoir un coup de marteau sur la tête. Les amants durent alors affronter la situation qu'ils avaient pensé éviter au départ. Jeanne hérita d'un hamac humide sous le gaillard arrière. « C'est mieux qu'un câble », se consola-t-elle. Elle s'était assurée que l'Hercule ne logeait pas dans le coin. Ses voisins étaient des domestiques. Les relents du parc à bestiaux et les puanteurs de la cale parfumaient leurs nuits.

Chaque heure qu'elle passait loin de Philibert mettait l'amant au pilori. « Que de mâles face à elle ! songeait-il à longueur de milles marins. Que de déboires à venir si nous sommes découverts ! » Il vivait un tourment perpétuel. Avait-elle ses menstrues ? Il devenait fou à l'idée que son odeur puisse alerter un nez parmi ces hommes privés de femmes.

Quant à Jeanne, veillant à adopter un ton et une attitude qui n'incitaient pas à la familiarité, elle se croyait protégée. Mais un soir de distribution de rhum, son voisin Guillaume, qui avait coutume de caler le tuyau de sa pipe entre deux chicots, sauta dans son hamac sous le prétexte de lui offrir du tabac. Elle refusa.

– C'est que t'es une femme, s'écria-t-il en cherchant à l'embrasser, et que…

Elle évita l'étreinte puante en envoyant l'homme rouler à terre, et alla se plaindre à M. Caro. Le second mit les deux belligérants face à face et les observa en se rongeant les ongles.

– C'est une femme ! maintint Guillaume qui cependant n'en revenait pas d'avoir été jeté au sol avec une telle poigne. L'a pas de barbe !

Jeanne dit alors, en se tordant les mains et carrant les épaules, que les faits l'obligeaient à révéler son terrible secret. Suite à une maladie, *il* était devenu l'un de ces hommes que l'on choisissait en Orient pour être gardiens de sérail : un eunuque.

Et *il* se fit désormais respecter comme tel.

Pour un temps, au moins.

De ce jour, Jeanne se mit à fumer la pipe. Cela lui parut agréable et accentuait son aplomb masculin. Elle aimait ces instants de connivence avec elle-même. Être occupée à bourrer sa pipe lui permettait aussi d'observer sans en avoir l'air, de feindre la surdité. « Ainsi font les hommes », s'amusait-elle.

Quant à Guillaume, il fut privé de rhum pendant une semaine.

« Sa Majesté a ordonné au Sieur de La Giraudais, commandant de *L'Étoile*, de se rendre en droiture aux îles Malouines où il se joindra à la frégate *La Boudeuse*... »

Tel est l'ordre du Roi, seulement voilà...

Tout va bien encore en vue de la baie de Rio de Janeiro.

– Il ne reste plus qu'à longer le continent sud-américain, et nous atteindrons les Malouines, apprend Philibert à Jeanne avec une rapide caresse dans le cou.

Elle l'a rejoint dans la chambre après avoir passé la nuit dans son hamac, et rectifie la position de sa bande sous la chemise. La brûlure de ses seins, qu'elle ne peut plus libérer la nuit, lui monte à la tête. Mais elle n'en dit rien. Elle s'est promis de ne pas lâcher une seule plainte.

– Serons-nous un peu seuls aux Malouines ?

Jeanne a pris soin d'articuler chaque syllabe en silence, moyen que les amants ont développé pour lire sur les lèvres de l'autre.

À cet instant, une clameur violente s'élève sur le pont. « Mon Dieu ! » entend-on. Philibert s'élance dans l'escalier, Jeanne sur ses talons.

Un énorme tourbillon bouche l'horizon ! À la distance d'une demi-lieue, la colonne d'eau semble s'élever à plus de cinquante pieds ! Elle se dirige droit sur *L'Étoile* ! Comment lui échapper ? C'est comme si la mort leur fonçait dessus. Les officiers braillent des ordres, les marins réagissent au quart de tour, mais cela suffira-t-il ? Figés tels des soldats au garde-à-vous, Jeanne et Philibert échangent un regard de détresse, chargé d'amour. « Je n'aurais pas dû t'emmener », crient les yeux de Philibert. « C'est moi qui ai voulu embarquer, répliquent ceux de Jeanne, et je ne le regrette pas. » Qu'elle aimerait le prendre dans ses bras, sentir son cœur battre contre le sien ! Ils suffoquent de chagrin. De leur côté, les marins se signent, en appellent au secours divin, s'en remettent à la miséricorde de la Vierge Marie… Ont-ils été entendus ? *L'Étoile* évite le tourbillon de justesse !

Yeux rouges et hagards, mains en sang, vêtements trempés, les hommes se comptent. Tous sont présents. Et vivants. Alléluia ! Jeanne remercie le ciel.

Suivent dix jours de cape. Le navire n'avance ni ne recule, tel un énorme coq qui se bat les flancs. Le lendemain, le tonnerre déchire l'air et des grêlons percent plusieurs voiles. Jeanne s'offre à les raccommoder avec les matelots, et s'y met pipe au bec. Le maître-voilier est content de son travail. Elle jubile. « Une femme, ça sait tout faire », songe-t-elle.

Là-dessus arrivent les bourrasques. La mer ballotte le navire comme une plume. Le vent hurle avec fureur dans les cordages. Impossible, la nuit, de trouver le sommeil. Philibert enrage de ne pas pouvoir écrire, de prendre du retard. Jeanne garde le silence et s'astreint à lui présenter un visage calme.

La Giraudais, la mine sombre, sillonne du matin au soir la flûte en dénombrant les dégâts. M. Michaud, l'écrivain du vaisseau, note au fur et à mesure : « taillemer cassé, de même que le grand chuquet et son jottereau, tous les mâts d'hunes ne tenant plus dans leur chuquets, tenons mangés par le frottement… »

Mais il y a pire :

Il ne reste que vingt barriques d'eau.

Tous les bestiaux ont péri.

L'équipage est fatigué de coucher sur les câbles.

Le scorbut sévit…

Ce matin du 26 avril, le capitaine réunit avec solennité l'ensemble des officiers et des maîtres d'équipage, sans oublier M. Michaud. Il énonce sa liste, déclare que le navire n'est pas en état de soutenir plus longtemps la mer. En conséquent, on cinglera vers le port de Montevideo afin d'y relâcher, le temps de réparer les avaries au plus vite. M. Michaud dresse procès-verbal, et les présents sont appelés à signer pour attester de la véracité des faits. Ils s'y soumettent lorsqu'un matelot essoufflé annonce la découverte d'une voie d'eau dans la fosse aux câbles d'ancres !

La Giraudais se précipite pour reconnaître l'ampleur des dégâts, et revient, l'air funeste.

– Il ne manquait plus que ça ! Prions le Seigneur de nous aider à gagner Montevideo sains et saufs.

7

La Boudeuse
30 avril 1767

Aux îles Malouines, le capitaine Bougainville désespère de voir apparaître *L'Étoile*. Il l'attend dans le froid et sous le terrible vent de pampero qui souffle avec furie. Pourquoi tarde-t-elle autant ?

Il interroge une nouvelle fois le calendrier.

La Boudeuse est sortie de Brest le 5 décembre pour aborder les Malouines le 23 mars. Soit un voyage de trois mois et deux semaines. *L'Étoile*, qui devait quitter Rochefort à la fin du mois de décembre, aurait dû apparaître début avril. Des difficultés particulières pourraient lui valoir une ou deux semaines de retard, mais pas plus !

Un naufrage ?

« Si *L'Étoile* n'arrive pas, écrit le Capitaine, je serai inconsolable. Jamais équipage ne fut si leste, si bien portant, et ne témoigna autant de zèle. »

Comment fera-t-il face ? Sans doute était-ce une erreur de faire dépendre le salut de l'équipage de *La Boudeuse* d'un autre bâtiment. Bougainville ne possède de pain que pour un mois seulement, et nourrit son équipage par la pêche et la chasse. À défaut de vin, qui manque depuis quinze jours, il fabrique une sorte de bière antiscorbutique avec de la sapinette[1], du grain et de la mélasse, ainsi qu'il l'a vu faire au Canada[2]. Quant au reste, sa mission ici s'est passée correctement, encore qu'elle lui a brisé le cœur.

C'est lui, en effet, Louis-Antoine de Bougainville, à ses frais, qui en 1764, avec vingt pêcheurs de Saint-Malo, leurs femmes et enfants, a occupé ces terres et les a nommées les îles Malouines. Quelle émotion ce fut, cette prise de possession d'une terre inhabitée, si loin de la patrie, par le petit groupe de colons ! Le Capitaine tient dans sa main une médaille commémorative semblable à celle qu'il enterra sous l'obélisque du fort, et pour la centième fois relit avec nostalgie le texte gravé. C'est comme s'il l'avait écrit avec son propre sang.

1. Sorte d'épicéa.
2. Il y fut envoyé en 1756 comme capitaine des renforts pour maintenir la colonie.

ÉTABLISSEMENT
DES ISLES MALOUINES
SITUÉES AU 51 DEG. 30 MIN.
DE LAT. AUST. ET 61 DEG. 50 MIN.
DE LONG. OCCID. MÉRID. DE PARIS
PAR LA FRÉGATE L'AIGLE, CAPITAINE
P. DUCLOS GUYOT, CAPITAINE DE BRULOT
ET LA CORVETTE LE SPHINX, CAPIT. F. CHÉNARD
DE LA GIRAUDAIS, LIEUT. DE FRÉGATE, ARMÉES PAR
LOUIS ANTOINE DE BOUGAINVILLE, COLONEL D'INFAN-
TERIE, CAPITAINE DE VAISSEAU, CHEF DE L'EXPÉDITION, G.
DE NERVILLE, CAPITAINE D'INFANTERIE, ET P. D'ARBOU-
LIN, ADMINISTRATEUR GÉNÉRAL DES POSTES DE
FRANCE : CONSTRUCTION D'UN FORT ET D'UN
OBÉLISQUE DÉCORÉ D'UN MÉDAILLON DE SA
MAJESTÉ LOUIS XV, SUR LES PLANS D'A.
L'HUILIER, INGÉN. GÉOGR. DES CAMPS
ET ARMÉES, SERVANT DANS L'EXPÉ-
DITION ; SOUS LE MINISTÈRE
D'E. DE CHOISEUL, DUC
DE STAINVILLE, EN
FÉVRIER 1764

Hélas, l'Angleterre veillait ! Elle envoya le commodore Byron, qui s'empara des îles à l'ouest de l'établissement français. Jamais prétention ne fut plus mal fondée, et en temps ordinaire on ne se serait pas laissé faire. Mais on était au lendemain d'une paix chèrement payée[1], et il convenait d'éviter tout conflit. L'Espagne intervint alors à son tour. Elle revendiqua les Malouines comme appartenant à l'Amérique du Sud, et le Roi, de même que les Anglais, jugea bon de céder !

1. Au lendemain de la guerre de Sept ans.

Le mal eût été moindre si les terres étaient restées désertes, mais la colonie française florissait ! Elle comptait désormais cent cinquante habitants. De grands magasins en bois du détroit de Magellan et des maisons aux murs gazonnés avaient surgi de terre. Les graines apportées d'Europe s'étaient acclimatées, et les récoltes s'engrangeaient. Les bestiaux se multipliaient.

Bougainville se lève de son bureau, traverse la pièce les mains dans le dos, s'arrête devant la fenêtre, face à la superbe baie qu'il aime contempler. Mais il n'en voit rien, il est absorbé par la scène qui défile dans son esprit.

L'amère cérémonie s'est déroulée le 1er avril. D'une voix qu'il sentait altérée, le Capitaine a lu à ces pauvres gens, dont il a suivi jour après jour les efforts, la lettre du Roi qui leur permettait de rester, s'ils le désiraient, sous la domination espagnole. Puis le pavillon français fut amené et remplacé par l'étendard d'Espagne.

Après son discours haché, Bougainville a dû lutter pour empêcher les larmes d'affleurer. Il aurait aimé quitter sur l'heure ce sol où venait de se briser l'un de ses rêves les plus chers, mais il devait attendre *L'Étoile*, sa compagne de route, la nourrice qui fournirait les vivres nécessaires à la suite de son voyage.

Sur *L'Étoile* se trouvent également MM. Véron et Commerson dont il se réjouit – réjouissait ? – de partager les importantes observations. Bougainville sourit tristement. Une lettre de France lui a révélé le dernier exploit du botaniste… Étrange personnage !

Quelques jours avant de quitter Paris, Commerson se promenait à Trianon. Le jardinier du Roi lui montra une plante étrangère, superbe, que le souverain était seul à posséder en France. Le botaniste l'admira, la convoita.

Aussitôt le jardinier parti, il la coupe et s'enfuit. Or, voici Louis XV et ses courtisans ! Le Roi veut leur montrer la fameuse plante… Ne la voyant pas, il appelle le jardinier. « Sire, répond celui-ci, je l'ai encore montrée tout à l'heure à M. Commerson. À coup sûr, c'est lui qui l'a chipée ! » Le Roi éclate de rire. « Pour le coup, lance-t-il, j'ai fait un bon choix ! Puisqu'il m'enlève mes plantes, il saura nous en rapporter beaucoup de son voyage ! »

Bougainville retourne à son bureau. Soupire. Le temps semble s'être arrêté, tandis qu'il filait si vite à une certaine époque. Désireux de le consoler à propos des Malouines, le Roi lui avait offert le gouvernement des îles de France et de Bourbon[1]. Bougainville avait refusé car le projet de faire le tour du monde en explorant le Pacifique, très alléchant, germait dans son esprit. Il se mit à courir de ministère en ministère, de cabinet en cabinet. Les maillons s'enchaînèrent alors avec une sorte de magie. Le duc de Praslin, nouveau ministre de la Marine, lui accorda sa pleine confiance ainsi que le commandement de *La Boudeuse* et de *L'Étoile*. Le réarmement des deux vaisseaux avait commencé lorsque, soudain, on informa Bougainville que M. Poissonnier, de l'Académie royale des Sciences, médecin de Sa Majesté, directeur général de la médecine pour les hôpitaux de la Marine et des Colonies, souhaitait le rencontrer d'urgence. Qui songerait à envoyer promener un tel personnage ? Malgré son peu d'enthousiasme, Bougainville accepta. Et accepta également, afin de ne pas déplaire au quasi-sous-ministre, d'embarquer un appareil de son invention, la cucurbite, destiné à dessaler l'eau de mer. M. Poissonnier annonça qu'il

1. Actuelles îles Maurice et de La Réunion.

trouverait un médecin naturaliste capable de surveiller le fonctionnement délicat de l'appareil.

Ce fut M. Poivre qui lui recommanda M. Commerson. Et Bougainville éprouvait un respect infini pour M. Poivre. Cet homme l'avait conquis à la première minute où ils s'étaient rencontrés au ministère, en juin 1766. Sa physionomie douce et calme, sa dignité naturelle lui en avaient imposé.

Curieuse histoire que celle de Poivre ! Elle se colportait avec admiration. À vingt ans, Poivre partit prêcher le christianisme en Orient. Il était très doué pour les langues étrangères. Un malentendu le fit incarcérer en Chine. Lorsqu'il sortit deux ans plus tard de prison, il savait le chinois. Comme il revenait en France pour entrer dans les ordres, son bateau fut attaqué par les Anglais, et un boulet lui emporta le bras droit. Emprisonné à Batavia, il comprit que la richesse de la Compagnie des Indes néerlandaises tenait au monopole de la culture de la noix de muscade, de la girofle, de la cannelle. Manchot, ne pouvant plus prétendre à la carrière ecclésiastique, il apprit alors le malais et s'intéressa à la culture des épices. Puis il parcourut l'Orient, étudia les procédés agricoles, devint le secrétaire de La Bourdonnais, gouverneur de l'île de France. Botaniste remarquable, correspondant de l'Académie des Sciences, il s'était enfin retiré dans sa ville de Lyon. À quarante-sept ans, il allait se marier. On ne tarissait pas d'éloges sur sa très jeune fiancée. Belle, bien née, cultivée, faisant preuve de caractère. Lorsque le duc de Praslin lui proposa le poste refusé par Bougainville, Pierre Poivre répondit qu'il avait formé des projets bien différents. Il était en pleins préparatifs de mariage. Cependant la demoiselle accepta de le suivre et, quelques jours après les noces, le duc de Praslin nomma M. Poivre à l'intendance des îles de France et de Bourbon.

C'est à présent le souvenir de leur dernière rencontre qui obsède Bougainville. Il revoit M. Poivre lui confier une mission secrète : rapporter à l'île de France des plants ou des graines de canneliers, girofliers et muscadiers. Pour cela, s'assurer de la présence de ces arbres précieux dans toute nouvelle île découverte. Mais en l'absence de M. Commerson, comment reconnaître ces plants, les recueillir et les transporter avec tout le soin nécessaire ?

Après des semaines d'attente angoissée, Bougainville se décide ce 30 avril à fixer un programme. Il guettera l'arrivée de la flûte jusqu'au 1er juin. Pas un jour de plus. À cette date, il lui restera juste assez de vivres pour gagner Rio de Janeiro. Là-bas, il pourra se ravitailler et sera en mesure de retourner à Brest, mais devra renoncer au tour du globe.

Le 25 mai, la gorge serrée, Bougainville fait préparer les canons.

Le 27, ayant perdu tout espoir de voir apparaître *L'Étoile*, il visite le gréement et passe les manœuvres pour le retour en France.

Le 31, il embarque des bestiaux et achète aux Espagnols cent cinquante quintaux de blé.

Le 1er juin, il reçoit les autorités espagnoles à bord pour un souper d'adieu. Le concert de ses musiciens, hautbois, flûte et violon, n'apaise pas son chagrin.

Le 2, il quitte les Malouines en les saluant par quinze coups de canon, et leur dit avec douleur un adieu définitif. C'est profondément attristé et anxieux qu'il met le cap sur Rio de Janeiro.

Le vent se lève sur la mer houleuse.

8

Rio de la Plata
1er mai 1767

Rio de la Plata, « Rivière d'Argent », halte inespérée pour l'équipage de *L'Étoile* ! Enfin la terre, et l'eau douce à volonté ! Jeanne exulte. Bonheur qu'ils soient encore vivants malgré la charge excessive qui aurait pu les couler, malgré le risque d'être écrasé mille fois, malgré le corps à corps avec les interminables vents debout et le tourbillon qui faillit engloutir le vaisseau, malgré l'entrée difficile à coups de sonde dans la rade au fond de vase noire, bordée de roches et d'écueils.

Dès qu'on aperçut Montevideo, capitale de l'Uruguay, les matelots se mirent à tirer des plans sur la comète. Ils entendaient bien se dédommager des frayeurs et fatigues passées. Les uns ne rêvaient que d'aller voir les filles ; les autres voulaient débusquer cet argent qui donna son nom à la rivière : on y draguerait des piastres depuis qu'un navire transportant cette monnaie y fit naufrage… Quant à Jeanne, elle n'attendait que d'oublier l'air saturé de sel, de fouler l'herbe et la terre, surtout d'être seule avec Philibert.

Tonnerre et pluie accueillent les Français en ce 1er mai. On se croirait en novembre. L'hiver commence. Voici deux mois que M. de Bougainville a quitté l'Uruguay, apprend-on. Il est certainement inquiet, mais qu'y faire ?

Merveilleux silence de la terre, qui relie au ciel, alors que la mer force à ne penser qu'à elle !

Enfin seuls ! Jeanne aspire l'air avec avidité, comme si elle passait le seuil d'une prison. C'est le premier instant depuis l'embarquement à Rochefort, il y a plus de quatre mois, où elle peut se laisser être elle-même sans déguiser son attitude, ni ses sentiments, ni ses paroles. Où ils sont libres de se parler autrement que par les yeux ou par des mots articulés en silence. Encore veille-t-elle à marcher un peu en retrait de Philibert, ainsi qu'il sied à un valet : les longues-vues de *L'Étoile* ne ferment jamais l'œil. En particulier celle du chirurgien Vivès.

Que cette ville de Montevideo est différente de la capitale française, avec ses maisons semées çà et là dans un grand vide ! La plupart se composent d'un rez-de-chaussée de briques et pierres couvert d'un toit de tuiles plates. Un marché public se tient sur une vaste place carrée, non pavée et détrempée, où Jeanne et Philibert s'enfoncent jusqu'à mi-jambe. Seuls les esclaves, des Indiens en ponchos grossiers, non chaussés, vont ici à pied. Les habitants, des Espagnols en large manteau blanc croisé sur l'épaule, à large chapeau noir rabattu, poignard le long de la cuisse et rosaire à la main, ne se déplacent qu'à cheval. Veulent-ils chercher du feu chez le voisin ? Ils enfourchent une monture qui toujours attend sellée et bridée. Pendant ce temps les femmes assises devant leur porte aspirent avec un chalumeau d'argent leur maté, l'herbe à faire du thé, qu'elles ont fait infuser dans un vase ciselé.

C'est cependant en perruque et redingote que le gouverneur de la ville se présente au souper offert par le capitaine. Une suite d'officiers l'accompagne, leur épouse au bras. Ces dames en robe de velours ou de taffetas bordée d'une dentelle d'or ou d'argent sous un mantelet fourré ont parfois tressé leurs cheveux de jais en une lourde natte qui leur tombe au bas du dos. La Giraudais se dépense en courbettes et salamalecs. Jeanne, cachée derrière un mât, ne perd pas une miette du spectacle. Elle s'amuse de voir les messieurs fumer. Ils mettent à la bouche un rouleau de tabac long comme un tuyau de pipe, et allument l'autre bout avec un air de grand sérieux. Le petit rouleau brûle jusqu'à la fin. Cela se nomme un cigare. Ils en semblent très satisfaits.

Contrairement au père Buet, ni Commerson, ni Véron, ni Vivès n'ont été priés au souper du capitaine, un régal de bonne chère. Les trois partagent leur repas dans la grande chambre et, puisque La Giraudais a requis la troupe des domestiques pour son service, le botaniste a proposé le concours de son valet : ces messieurs n'auraient pas compris qu'il ne le fît point. « Jeannot, du pain ! Jeannot, du vin ! Apporte le pâté !... » Jeanne court en tous sens : homme affamé est impatient. Chacun mord à belles dents. Vivès engouffre comme s'il rompait le carême. Jeanne a très envie de répliquer qu'elle n'a ni quatre bras ni quatre jambes... mais ne peut que se taire et embrumer le feu de son regard. Une posture où elle est passée maître.

Au menu, de la perdrix en abondance. Le Rio de la Plata est une terre de cocagne. Les matelots finiront par se plaindre de manquer d'os autour de leur viande.

– Vous avez vu le nombre d'églises et de couvents ? commente le chirurgien, en happant derechef une belle tranche de pâté. Ces gens-là se piquent d'être les meilleurs chrétiens de la Terre. Voilà pourquoi M. de La Giraudais a convié l'aumônier…

– Si c'est être bon chrétien que de vêtir les statues des saints comme des princes ! le coupe Commerson.

Vivès approuve d'un rot sonore.

– Toujours est-il que le capitaine tient manifestement à se faire bien voir des gens d'ici, déclare le chirurgien avec un regard entendu.

Jeanne verse du vin à chacun, et soudain… « Non ! » hurle-t-elle en silence, mais sans rien empêcher… Elle tente de garder son sang-froid malgré le jet de sang chaud qui, un jour trop tôt, lui dévale les cuisses et commence à imbiber son pantalon. Hélas, cela n'échappe pas à Vivès !

– Tu t'es blessé, Jeannot ?

L'esprit de Jeanne se brouille. Une sueur glacée lui couvre le corps. Elle a vu Philibert changer de couleur. Vite, il faut trouver…

– C'est à la cuisine, M'sieur. Ils m'ont fait une farce, M'sieur.

Quelle farce ? Elle cherche encore… Vivès darde sur elle des petits yeux de corneille en quête de charogne. Il ne sait la regarder autrement qu'avec une insistance désagréable.

– File immédiatement te changer ! tonne alors Commer-son, l'air courroucé, en pliant sa serviette.

Et d'ajouter à l'adresse des convives :

– Mon père a puni un valet pour moins que ça. Mais ici nous ne pouvons faire les difficiles. À la guerre comme à la guerre. Que diriez-vous, messieurs, de terminer cette agréable soirée avec un bon flacon d'eau-de-vie ?

L'un des passe-temps préférés de François Vivès, c'est l'observation. Pipe au bec, longue-vue à la main, il aime à observer Commerson et son valet.

Les voici qui partent herboriser. Chaque matin, ils s'en vont à deux ou trois lieues, et leur ample moisson alourdit encore la charge du valet. Au départ, ce dernier porte un fusil, une carnassière, des provisions de bouche et des feuilles de papier que le chirurgien évalue à huit ou dix mains[1]. Tout autre marcherait aussi courbé qu'un vieillard. Quelle force dans ce petit bout d'homme ! Il travaille comme un Nègre, songe Vivès, et pourtant il revient de ses expéditions à peine fourbu, sourire aux lèvres, de la lumière plein les yeux. Là-dessus, il ne renâcle jamais pour prêter main-forte aux matelots. L'autre jour, il a tiré des barriques de la cale avec tant de facilité qu'on les aurait crues vides.

Ce qui étonne cependant Vivès, c'est l'aspect féminin de Bonnefoy. Et la tache rouge sur le pantalon ressemblait diablement à du sang ! Un chirurgien ne s'y trompe pas. Mais il est absolument impossible que ce botaniste mondain ait été assez audacieux pour faire monter une femme sur le navire ! Ce devait être du sang d'animal. Une farce à la cuisine, en effet.

Terre de rêve ! Même en songe, Jeanne n'a jamais vu des fleurs si grosses, aux couleurs si flamboyantes, aux tiges si drues. Elle court de l'une à l'autre, éblouie. Elle rit de joie à chaque découverte, s'émeut de tant de beauté.

– Regarde celle-ci ! Et celle-là !

1. Une main représente un assemblage de vingt-cinq feuilles de papier.

Philibert, tout aussi émerveillé, souffre de n'être pas Argus aux cent yeux. Plantes, oiseaux, poissons, il ne veut rien laisser échapper. Une chasse, une pêche, une promenade le mettent dans l'angoisse. Par où débuter ? Comment être sûr de tout voir, de ne rien laisser échapper ? Il en perd le boire et le manger. Ses trouvailles lui inspirent tant d'admiration qu'il se met à dessiner. « Comme si on avait la fleur sous les yeux ! » admire Jeanne.

Drôle de saison. Il fait une sorte de printemps semé d'orages. Cela n'est pas sans avantages. Il est si bon d'avoir parfois à se serrer dans une cabane, chacun ému comme au premier jour de respirer la senteur de l'autre et de se gaver de sa chaleur ! Ou contre un arbre aux branches rabattues qui palpitent avec le vent. Jeanne retrouve le bonheur du temps où le royaume des plantes était leur paradis.

Même les terres stériles offrent ici des trésors.

– Touche la soie de ces feuilles, mon Jeanneton ! s'exclame Philibert, qui vient de dénicher parmi les cailloux une gesse toute couverte d'un duvet roussâtre et soyeux. Elle est aussi douce que le grain de ta peau.

Leurs regards se croisent. Jeanne lit désir et frustration dans les yeux de son amant.

– La simple odeur de ton corps me met en nage, avoue-t-il en l'embrassant dans le cou.

Combat de tous les instants, il a d'elle un désir fou. Une décharge électrique lui vrille le corps lorsqu'il leur arrive, comme à tout maître et valet, de se frôler.

C'est un plaisir de cueillir une vingtaine d'autres gesses soyeuses. Le botaniste Commerson voit large. Il ne compte pas rapporter des échantillons pour un herbier unique, mais en offrir aux collections des principales villes d'Europe : Paris, Londres, Amsterdam, Vienne, Rome, Madrid, Saint-Pétersbourg, Stockholm, Bâle, Turin, Genève, Venise, Montpellier, Copenhague, Gênes, Bologne, Florence, Berne, Leipzig et Berlin. Tour à tour des merveilles sont amassées par vingtaines. Une canamelle rampante. Une centaurée aux feuilles en lyre. Ce croton qui est le seul arbuste à croître sur le morne de Montevideo. Un épilobe semblable à celui qui pousse dans le Jardin du Roi. Une épervière au calice panaché de brun et de blanc. Une eupatoire aux fleurs oblongues et purpurines. Un gaillet hérissé de poils et une gesse nerveuse trouvés dans les rochers. Des campanules différentes de celles qu'on voit en France, ainsi l'une aux fleurs d'un rouge intense que Philibert souhaite examiner de nouveau[1]. Une gnaphale à feuilles de giroflée, une autre à épi roussâtre, une troisième très blanche et cotonneuse à feuilles en faux, une quatrième aux fleurs formant collerette. Une hydrocotyle aux feuilles disposées en rosette. Deux joncs différents dont un rougeâtre. Divers liserons. Un lupin à grandes bractées. Une mauve à fruits glabres. Une morelle toute couverte de poils. Un paturin lanugineux. Un plantain aux feuilles épaisses et très velues, un second pas plus long qu'une queue de souris. Une renouée branchue. Une ricinelle ailée. Un roseau vert jaunâtre. Un sainfoin très velu à points noirâtres, un autre à fleurs de couleur rouge à l'extérieur et jaune au-dedans, un troisième à fruits pendants. Une sarrette à feuilles pointues. Une sénebière à dents en scie. Une spargoute dont les fleurs forment une petite panicule aux pédoncules filiformes et un peu visqueux.

1. Il s'agit de la fleur qui prendra le nom de pétunia. Commerson l'a d'abord classée parmi les campanules.

Une turnère jaune clair, et une autre, purpurine. Pour ne donner que quelques exemples.

Jeanne récolte également une ample provision de centaurées. C'est en les pressant qu'elle songe à Jean-Robert Lemoyne. Les yeux brillants du jeune homme et la couleur rouge de ses joues disent que la fièvre accompagne sa toux sifflante. Il est secoué de frissons. Fleurs de mauve et de centaurée, feuilles de véronique… Jeanne lui apporte une infusion, laissant tomber la théière sur la table au lieu de la poser avec douceur. Ainsi font les hommes. Jean-Robert accueille le présent d'un sourire reconnaissant.

– Cela vous fera du bien, grommelle-t-elle de son ton le plus bourru.

Elle n'espère pas le guérir, seulement le soulager.

Il en sera ainsi. La fièvre tombera.

– J'en reviens pas de voir comme ça pousse facilement ici ! s'exclame Jeanne, chemin faisant.

Arbres fruitiers et herbes potagères se reproduisent naturellement. Les pêchers donnent des fruits énormes sans avoir été taillés. Le blé pousse sur une terre à peine grattée. Les artichauts sont aussi communs que l'ortie dans le Morvan. Les mauvaises herbes cachent d'innombrables choux.

Et les gens d'ici intéressent Jeanne autant que les plantes.

Des Indiens des forêts se montrent parfois en ville. Les femmes sont à l'égal des hommes vêtues d'une sorte de manteau en peaux de chevreuil, attaché aux épaules et peint à l'intérieur en blanc, rouge ou bleu-gris. Seule une ceinture à la taille les distingue de leurs compagnons. Ceux-ci viennent dans la cité pour boire de l'eau-de-vie, l'obtiennent en échange de petits sacs en peau de tigre ou de leur manteau. Dans ce cas repartent tout nus, couleur de cuivre rouge.

Le mauvais temps empêche parfois les botanistes de retourner à bord pour la nuit. Pas d'auberge ni de gargote dans le pays, mais les Espagnols aux vastes maisons reçoivent à bras ouverts ces inconnus. Des havres pour Jeanne qui sur le vaisseau supporte sans un mot la dure promiscuité masculine. Bonheur de partager le lit de Philibert, d'aimer à l'appel du désir, de se laver sans craindre d'être démasquée. Et, dans la campagne, de permettre à ses seins de prendre leur liberté sous la chemise.

Les manières de ces habitants qui vivent plongés dans l'abondance l'emplissent de stupeur. Ils ont coutume d'user leur cheval jusqu'à l'agonie puis de le remplacer. N'hésitent pas à tuer un bœuf pour le seul plaisir de déguster sa langue. Un pays de cocagne, vraiment ! Philibert a reçu trente piastres pour une consultation.

– Si je n'étais attaché à ma patrie, à mes devoirs, lui dit-il, nous resterions dans ce pays et je ferais fortune en moins de trois ans.

Elle rêve quelques instants à la vie heureuse qu'ils auraient ici, sous le soleil, n'ayant à se cacher de personne. Mais une femme a-t-elle son mot à dire ? Et il y a encore tant de plantes à découvrir autour du monde ! Tant d'instants uniques à vivre, qui seront en même temps des premières et des dernières fois.

Rien de ce qui touche à la marine n'est étranger à l'appétit du chirurgien Vivès. Aussi s'intéresse-t-il de près aux réparations ordonnées par La Giraudais. Pour leur part, le capitaine et ses officiers hantent les lieux où viendront les rejoindre les acheteurs de pacotille. On les voit déambuler sur les quais, soupesant du regard la bourse des passants. Petit à petit, le pont, les cales et l'entrepont de la flûte se dégagent. Bientôt la grande chambre reprend son aspect normal.

– Vous voulez mon avis ? dit un soir Vivès à Commerson avec son regard entendu. Des réparations de fortune auraient permis à La Giraudais de pousser jusqu'aux Malouines et de bénéficier là-bas de l'aide de l'équipage de *La Boudeuse*.

Ils se comprennent. Le capitaine devait absolument dégager le navire et requinquer les hommes avant de se présenter devant un Bougainville très soucieux de la santé de ses équipages. Il lui fallait en outre, et c'était peut-être le plus important pour lui, écouler sa pacotille. Or, les habitants des Malouines sont aussi peu fortunés que ceux de la côte des Patagons. Et si Bougainville décidait de doubler le cap Horn, tout espoir de vente se serait évanoui. La Giraudais aurait risqué le délestage et peut-être le pillage ! Dès lors, son intérêt lui avait commandé de mettre le cap sur le Rio de la Plata. La riche colonie de Montevideo se montrait en effet avide de marchandises d'Europe et les payait au prix fort…

Quant à M. de Bougainville ? Là encore, La Giraudais spéculait : inapte à poursuivre le voyage seul, le Capitaine n'avait d'autre ressource que de patienter aux Malouines. Où on le rejoindrait forcément, songeait-il en se frottant les mains.

9

Rio de Janeiro
21 juin 1767

Cependant M. de Bougainville a quitté les Malouines. La houle qui maltraitait *La Boudeuse* s'est par chance vite assoupie. La frégate a été favorisée par le beau temps, et ses provisions ont suffi. Sur le pont, le Capitaine reconnaît avec joie l'entrée de Rio de Janeiro. Sa seule inquiétude désormais concerne *L'Étoile*. La retrouvera-t-il dans ce port ? Il faudrait que le hasard s'en mêle. Or, il n'a rien négligé pour aider le hasard.

« Et si *L'Étoile*, malgré l'interdiction de relâcher, s'était arrêtée dans le Rio de la Plata ? » a-t-il un jour songé, à force de se torturer la cervelle.

Il connaît bien La Giraudais, qui l'accompagna lors de l'implantation aux Malouines. Un aristocrate courtois. Mais qui n'a ni fortune ni protection. La paix de 1763 l'a ruiné. Tous ses avoirs étaient rassemblés au Canada à la suite de son mariage avec une Acadienne. Il a dû les abandonner… Qui sait s'il n'a pas fait halte en route, ayant flairé une chance de se renflouer… Le Rio de la Plata est riche d'occasions.

Ce soupçon est venu à l'esprit de Bougainville tandis qu'il se promenait au mois d'avril parmi lacs et marais en compagnie du prince Charles d'Orange et de Nassau-Siegen. Quelle idée merveilleuse avait eu l'ardent jeune homme de vingt ans, amant en titre de la grande cantatrice Sophie Arnould, de demander à être son passager ! On disait que ce prince allemand, français de naissance et d'éducation, capitaine au régiment de Schönberg-Dragons, s'ennuyant de l'inaction où le tenait la paix générale en Europe, avait mené si joyeuse vie que les dettes avaient plu à verse ! Son parent le marquis de Castries lui aurait alors conseillé de quitter Paris, et l'idée d'un voyage aussi original qu'un tour du monde avait séduit le prince. Toujours est-il que Bougainville avait hérité de ce compagnon enjoué, excellent cavalier, animé d'un fort appétit de vivre et d'une vive curiosité, avec lequel il discourait pendant des heures. Cela lui permettait de tromper son ennui tout en mettant ses idées au clair.

Deux frégates espagnoles devaient à la fin du mois d'avril quitter les Malouines afin de conduire en Europe les familles françaises qui avaient refusé de passer sous l'étendard d'Espagne. Elles feraient escale à Montevideo… M. de Bougainville a alors confié à leurs officiers un billet pour M. de La Giraudais, si par hasard ceux-ci le croisaient dans le Rio de la Plata. Il indiquait au commandant de *L'Étoile* de rallier les Malouines avant la fin du mois de mai, sinon de le rejoindre à Rio de Janeiro où lui-même patienterait deux mois. Et maintenant, qu'il lui tarde de connaître le résultat de cette démarche ! Sa gloire et celle de la France en dépendent.

À l'entrée du port de Rio de Janeiro, gouverné par des autorités portugaises[1], le Capitaine envoie un officier informer le vice-roi du Brésil de son arrivée, et traiter la question du salut : combien de coups de canon seront tirés de part et d'autre ? Bougainville n'en croit pas ses oreilles lorsqu'il s'entend répondre qu'il n'a qu'à tirer, et qu'il verra. « Si l'on croise quelqu'un dans la rue, a commenté le haut dignitaire, on ôte son chapeau sans chercher à savoir auparavant si cette politesse sera rendue ou non. » Et d'ajouter que les rois respectifs se salueraient quand ils se verraient.

Bougainville n'a jamais rencontré pareille grossièreté dans aucun des ports abordés, il décide de ne pas saluer du tout. À cet instant, il croit apercevoir *L'Étoile*. Est-ce bien elle qui se balance devant l'île aux Cobras ? Ses yeux ne le trahissent-ils pas ? Prendrait-il son rêve pour la réalité ? Mais non, c'est la flûte ! Il la reconnaîtrait entre mille ! La joie l'irradie jusqu'à la pointe des cheveux.

Il est neuf heures du soir, ce dimanche, lorsque La Giraudais se présente à bord de *La Boudeuse* et tend le procès verbal signé par l'état-major de *L'Étoile*. Cette précaution inhabituelle fait sourciller Nassau-Siegen, mais Bougainville se réjouit tellement de poursuivre sa mission qu'il feint de ne rien trouver là d'anormal.

La Giraudais noie son monde d'un flot de paroles.

Il n'a pu quitter Rochefort que le 1er février. Il a démâté de son grand mât d'hune et, alors qu'il se dirigeait vers les Malouines sans avoir relâché nulle part ainsi que Sa Majesté le lui avait indiqué, il a été

1. La ville de Rio de Janeiro se trouve dans une partie du Brésil qui appartient alors à la Couronne portugaise.

contrarié par des vents de sud-ouest si violents qu'après avoir lutté quinze jours d'affilée, il lui a fallu relâcher très vite, le navire n'étant pas en état de voguer plus longtemps. Il a croisé le 18 mai dans la rade de Montevideo le commandant des frégates espagnoles qui lui a transmis la dépêche de M. de Bougainville. Dès lors, il a fait toute diligence pour s'exécuter, a quitté le Rio de la Plata le 28 mai, est arrivé à Rio de Janeiro le 13 juin. Hélas ! que n'a-t-il pris plus de temps car, le 17 juin, l'aumônier Buet était assassiné.

– Assassiné !

La Giraudais hoche la tête avec gravité.

L'aumônier Buet s'était embarqué dans une pirogue avec le second pilote Constantin afin d'aller dire sa messe dans la cathédrale. Craignant d'être incommodé par la chaleur, il avait laissé sa longue soutane à bord. Elle l'aurait protégé, car les prêtres sont ici très vénérés. Le pilote et l'abbé retournaient à bord de *L'Étoile* vers les sept heures du soir lorsque des cris rappelèrent leur pirogue à terre. Ils firent demi-tour, et débarquèrent. Des Noirs les attendaient. Ils assommèrent le père Buet à coups d'aviron et le précipitèrent à la mer où ils le tinrent submergé. Puis ils abandonnèrent son corps sur le rivage. Le pilote Constantin sauva sa vie en feignant d'avoir trépassé. Les obsèques du pauvre abbé se déroulèrent le lendemain avec pompe, le vice-roi et l'évêque ayant donné toutes facilités, comme pour faire oublier la cause du mal.

Bougainville a difficilement maîtrisé son impatience pendant le récit. Si tragique soit le destin de l'aumônier, ce qui lui importe c'est de s'assurer que *L'Étoile* lui apporte bien les quinze mois de vivres prévus. La réponse le navre. La Giraudais ne lui livrera que treize mois de salaisons et de boissons, cinquante jours de pain et de légumes. C'est la faute à la tempête qui lui a gâté ses provisions, à la voie d'eau qui… Bougainville n'écoute plus. Lui sera-t-il possible de se ravitailler à Rio de Janeiro ?

Sur *L'Étoile*, Jeanne contemple *La Boudeuse*. La coque est rouge et jaune avec des filets noirs. La proue s'orne d'une figure de femme, et la poupe de dragons dorés. Elle n'imaginait pas bâtiment si somptueux. M. de Bougainville ne peut qu'être auréolé de cette splendeur ! Quelle allure a donc ce personnage si téméraire et entreprenant ? Philibert lui a dit qu'il a été reçu par le Roi. Est-il, comme les statues des saints de Montevideo, revêtu d'un costume de velours et de taffetas brocardé d'or ?

Jeanne s'assure que l'Hercule est à son travail, puis se glisse derrière son mât favori pour voir apparaître M. de Bougainville. Il arrive avec sa suite d'officiers. C'est un homme d'aspect sobre, empreint de calme et de sang-froid. Il a le front haut, le nez fort, une bouche gourmande, des yeux qui savent regarder et ont beaucoup vu. Ses joues rebondies lui donnent un air bonhomme malgré la sévérité de son uniforme. Voyant chacun le saluer, Jeanne s'y soumet à son tour. Impressionnée, elle manque faire une révérence de fille, et se reprend juste à temps. Les pommettes lui brûlent pendant quelques instants de terreur.

Le Capitaine fronce les sourcils lorsqu'il constate le maigre état des boissons. Jeanne se disait bien qu'il y avait eu un gaspillage énorme. Vin et rhum ont adouci la colère des marins.

Flanqué des officiers de ses deux vaisseaux, le Capitaine rend ensuite visite au vice-roi du Brésil, Antonio Alvares da Cunha. Celui-ci fait dire qu'il est incommodé. Bougainville ne s'en étonne guère. Il a en effet ouï dire que ce personnage tyrannise ses sujets portugais aussi bien que les ressortissants d'autres nations. Une loi exige que personne ne passe devant son château sans ôter son chapeau, que chaque visiteur fléchisse le genou face à son auguste personne et lui baise la main.

– Nous n'y retournerons plus ! jure-t-il cependant.

Lui que le roi Louis XV a reçu en personne, lui que le roi Louis XV a récompensé en lui offrant deux canons, fleurons de sa terre de Normandie, ne va pas tout de même pas s'abaisser à mendier une entrevue avec un barbare !

Est-ce par esprit de provocation ? Il prête ses calfats et ses charpentiers au vaisseau de guerre espagnol *Le Diligent*, retenu ici depuis huit mois par une voie d'eau. Le vice-roi, prenant prétexte du conflit entre l'Espagne et le Portugal quant à leurs possessions respectives dans le Rio de la Plata, lui a refusé jour après jour des ouvriers.

Mais le comte da Cunha se présente le 25 juin à bord de *La Boudeuse* avec une suite nombreuse. Bougainville joue la courtoisie, le reçoit plein d'urbanité. Le vice-roi se montre alors exquis, déclare qu'il a ordonné des perquisitions afin de confondre les assassins de l'aumônier, que ceux-ci seront jugés avec la plus sévère justice, qu'il fera tapisser une loge à l'Opéra pour le plaisir du prince de Nassau, qu'il donnera de petits soupers au bord de l'eau sous des berceaux de jasmins et d'orangers. On se sépare bons amis. Le Capitaine fait saluer son départ de dix-neuf coups de canon qui, depuis la terre, sont rendus coup pour coup. Et se félicite de sa tactique. Il faut savoir s'opposer aux despotes.

Sauf que le mufle n'a pas dit son dernier mot.

Le 28 juin, il apparaît que les Portugais ont attaqué les Espagnols à Rio Grande, en Terre de Feu. Bougainville allait recevoir un joli senau[1] de dix canons qu'il venait d'acheter avec la permission du vice-roi et, du coup, ce dernier en interdit la livraison ! Comme si cela ne suffisait pas, le tyran s'oppose de même au projet qu'avait le Capitaine de loger ses officiers dans une maison de campagne à la porte de la ville.

« Dommage ! songe Jeanne en l'apprenant. Ces messieurs auraient pu s'y nettoyer. C'est pas pour dire, mais ils sentent pire que des bouseux. » L'eau douce a manqué pour les ablutions.

Bougainville indigné sent monter la colère. Il ferait beau voir qu'il se laisse faire sans réagir ! Le Capitaine prend une escorte de deux officiers, se rend au palais, observe sèchement qu'il n'est pas traité en ami. Le comte da Cunha se lève alors avec fureur, cramoisi, et lui ordonne de sortir. Louis-Antoine de Bougainville reste assis. Le vice-roi appelle sa garde, qui ne répond pas… et les visiteurs se retirent calmement au bout d'un quart d'heure.

À peine ont-ils quitté le palais qu'ordre est donné d'arrêter tous les Français trouvés dans les rues après le coucher du soleil. Adieu, virées dans les estaminets ! Adieu, soirées à l'opéra !

– Et ça m'étonnerait qu'on obtienne justice pour l'assassinat du père Buet ! dit Jeanne à Philibert, après avoir appris de lui les nouvelles dispositions.

Ces péripéties n'ont pas fait oublier à Bougainville son besoin urgent de ravitaillement. Il peut acheter ici des vivres frais, mais ni biscuit, ni blé, ni farine. Le

1 Bâtiment à deux mâts gréé de voiles carrées.

vin est malsain, porte à la tête. Chercher ailleurs ces denrées ? C'est la solution. Le Capitaine est cependant retenu à Rio de Janeiro par le coup de colère et de générosité qui l'a poussé à prêter ses ouvriers au *Diligent* !

Les provisions embarquées à Rochefort sur *L'Étoile* pour servir à *La Boudeuse* passent sur la frégate. MM. Commerson et Véron devraient suivre. Seul l'astronome accepte.

Ce n'est pas que le botaniste se plaise tellement sur *L'Étoile*. Il estime faire triste figure dans « pareil tripot », en compagnie de ces officiers bleus[1] qui d'après lui ne sont que « pirates et pêcheurs de morue ». Non, personne ne trouve grâce aux yeux de Commerson. Pas même La Giraudais, car l'affaire de la pacotille lui reste en travers de l'estomac. Ni Caro, « un imbécile ». Pas même le chirurgien Vivès, dont il aurait pu se faire un second et un ami si celui-ci n'avait pas été aussi ignorant ! N'a-t-il pas prétendu guérir un nyctalope par une série de saignées ? Même le père Buet n'a pas échappé aux critiques du naturaliste, qui émet un avis tranché sur les causes de l'assassinat : avant de rembarquer, le bon père et le pilote se sont désaltérés dans un estaminet. Le vin leur a échauffé la tête, ils se sont disputés avec des Noirs. Le père Buet avait coutume de déclarer que Dieu n'a pas pu mettre une âme dans un corps tout noir. Lui et le pilote ont sans doute injurié des indigènes, et ceux-ci ont ameuté des amis pour se venger.

De plus, Commerson se demande quels phénomènes peuplent *La Boudeuse* et pourraient menacer Jeanne.

1. Officiers provenant de bâtiments de commerce, et auxquels est attribuée une fonction militaire le temps d'une campagne ou d'une mission.

Il tient donc à demeurer sur *L'Étoile*. Devrait-il, pour de simples agréments de société, renoncer aux commodités trouvées sur la flûte, abandonner la meilleure chambre du navire, se séparer de ses instruments, ses livres et ses vingt-cinq caisses, mettre Jeanne en péril ? C'est non.

Aussi fait-il savoir, avec mauvaise humeur, qu'il n'a pas l'intention de déménager ! Qu'on le laisse tranquille !

Bougainville s'incline. Il n'est pas homme à imposer aux autres ce qui ne leur sied pas. Il invitera Commerson à sa table chaque fois que les conditions le permettront.

Le botaniste lui a paru crispé. Le Capitaine comptait sur la participation d'un être amusant, détendu... Il est loin d'imaginer le tourment perpétuel qui est le lot du savant !

En son for intérieur, Commerson est fâché d'avoir trahi Bougainville en introduisant Jeanne sur le navire, même s'il ne regrette rien. Et puis cet énergumène de vice-roi lui gâche le plaisir d'observer la contrée qui lui semble être la plus belle de l'univers. Interdiction formelle de sortir de la ville ! Cela ne l'a pas empêché de descendre une vingtaine de fois – « avec mon domestique », écrit-il à M. Lalande – dans une petite pirogue conduite par deux Nègres, et de parcourir les côtes et îlots de la baie. Il y a déniché des trésors.

Oranges, bananes et ananas se succèdent au cœur de l'hiver. Les arbres ne perdent jamais leurs feuilles. L'intérieur des terres est naturellement fertile en canne à sucre, riz et manioc. Les habitants n'ont qu'à s'en emparer, et ils pêchent dans la plus poissonneuse des mers.

Jeanne se souvient de son enfance dans le Morvan, des retours répétés de la famine, de la nourriture aussi rare que miséreuse, du froid qui gelait les doigts, des durs travaux agricoles qui usaient ses parents. Quelle belle vie auraient-ils eue ici !

Philibert lui conte la grande expédition de Duguay-Trouin. C'était en 1711. Le corsaire avait réussi à forcer l'entrée de la baie de Rio de Janeiro, à faire tomber les onze forts qui la protégeaient, puis avait pillé la ville. Les habitants durent racheter leurs biens au prix fort, et Duguay-Trouin rapporta plus d'une tonne d'or en France. Il fut acclamé en héros. Louis XIV le félicita en personne.

– Alors c'est pour ça que le vice-roi est fâché contre les Français, dit Jeanne. N'est-il pas normal qu'on se méfie de ceux qui vous ont pillé ? Et qui reviennent pour prendre ? Car les plantes, on va les prendre !

Philibert la regarde avec courroux, puis finit par rire. Les splendides vanilles, poivres, jasmins, mimosas, bignones géantes et bégonias découverts ces jours l'ont mis de bonne humeur. Chaque pas est payé d'une trouvaille. Il n'a jamais rencontré de flore si exubérante, ni de couleurs si flamboyantes.

Cependant la fureur de tout voir du botaniste et son incapacité à se reposer ravivent sa plaie à la jambe. Elle le fait souffrir toujours plus, ne se laisse oublier à aucun instant. Au point qu'il demande à Vivès de panser la blessure. Or, voici que le chirurgien craint la gangrène et le rapporte à Bougainville ! Il redoute d'avoir à amputer la jambe. Chacun est atterré. Y compris le Capitaine, qui recourt alors au remède absolu : il consigne le botaniste à bord jusqu'à parfaite guérison.

L'anxiété de Jeanne est à son comble. S'il faut amputer Philibert, la vie du botaniste bascule. Terminées, les balades et les cueillettes. Sans compter la souffrance physique. Jeanne prépare décoctions, tisanes, cataplasmes, et surveille chaque nuit l'évolution de la plaie. La fatigue la dévore de l'intérieur comme une pieuvre qui se serait tapie dans ses entrailles. Mais son masque d'homme n'en laisse rien paraître.

Cependant Commerson, d'abord fou de rage, se résigne enfin à trier et à classer sa collecte. Oublie sa douleur. Écoute avec soin l'avis de Jeanne sur des particularités qui ne lui sont pas apparues. Retrouve l'émerveillement ressenti en tombant sur un étrange arbrisseau paré de bouquets d'un violet somptueux et, dans un grand élan de gratitude, le dédie à celui qui lui a permis de le découvrir : il baptise la fleur *Bougainvillea*[1].

Quant à Bougainville, il bouillonne. Le vice-roi a fait incarcérer des femmes qui ont reçu ces messieurs. C'en est trop ! Ne pas se laisser infliger des vexations ! Le Capitaine se dispose donc à quitter Rio de Janeiro, mais avec un immense regret. La vue de la baie ensoleillée lui était un plaisir de chaque instant.

Le 14 juillet, les deux vaisseaux prennent pour la première fois la route ensemble. Ils communiqueront au moyen d'un code de signaux très détaillé, mis au point par M. de Bougainville avant le départ de France. Dire qu'ils sont obligés de faire marche arrière jusqu'au Rio de la Plata ! On y obtiendra au moins des vivres en abondance, on y attendra en paix la fin du mois de septembre, bonne période pour

1. La bougainvillée est la fleur du bougainvillier.

traverser le terrible détroit de Magellan : ce sera l'été là-bas.

– Toi qui voulais rester à Montevideo, dit Jeanne à Philibert, le ciel t'a entendu !

Il est justement grande question du ciel à bord de *La Boudeuse* ! M. Véron se livre à dcs préparatifs importants car, d'après les calculs de M. Lalande, on bénéficiera en route d'une excellente position pour observer une éclipse du soleil. Celle-ci sera invisible en France, ce qui rend l'expérience d'autant plus précieuse. M. de Bougainville et les deux savants s'en réjouissent par avance. Jeanne aussi. N'est-ce pas un événement surnaturel qui les attend ?

10

Retour à Montevideo
25 juillet 1767

La position de *La Boudeuse* pour étudier l'éclipse de soleil est en effet excellente, mais la chance ne favorise pas le malheureux Véron. Dire qu'il se réjouissait tant de mener l'expérience !

Il a prévu l'occultation de l'astre à quatre heures dix-neuf minutes du soir. Or, à quatre heures six minutes, un gros et long nuage dérobe la vue du soleil et, lorsque celui-ci réapparaît vingt-cinq minutes plus tard, il y a déjà un doigt et demi d'éclipsé. Les nuages qui se succèdent ensuite ne le laissent apercevoir que pendant de brefs instants. L'astronome ne pourra observer aucune phase de l'éclipse, ni déterminer une quelconque longitude, tel le gourmet qui a fait mitonner un plat exquis, ayant acquis des ingrédients de choix, accommodé l'assaisonnement avec un soin pointilleux, surveillé la cuisson pendant un temps infini, et découvre à l'heure de se régaler que le chat a presque tout dévoré.

Cet échec attriste Commerson. Pour la science, et aussi parce que l'astronome est au fil des jours devenu un ami véritable. Jeanne apprécie également ce petit homme simple et gentil, tout grand savant qu'il est. Un modeste et un timide, possédé comme elle par un rêve impérieux et un zèle infini, dévoué envers qui lui témoigne de l'affection. D'ailleurs M. de Bougainville l'a lui aussi pris en amitié, au point de l'inviter chaque soir parmi les dix-huit personnes de sa table.

Le Capitaine est servi par deux cuisiniers, un valet de chambre, deux maîtres d'hôtel et trois Nègres, a découvert Jeanne ahurie. Que des êtres bénéficient d'un tel luxe tandis que d'autres gagnent à peine de quoi manger la laisse pantoise.

Véron aussi aime les plantes. Fils d'un menuisier, ce Normand de trente-trois ans fut jardinier jusqu'à ses vingt ans. Comme les études le tentaient, il se confia à un oncle de Rouen qui put le placer chez un procureur. Six ans plus tard, il fut pris du désir de naviguer. Son oncle lui fit alors donner des leçons de mathématiques et d'hydrographie, et il trouva le moyen d'aller à Paris suivre les cours de M. Lalande. Qui le remarqua sur-le-champ. Mais que peut le plus brillant des astronomes par des conditions météorologiques désastreuses ?

M. de Bougainville paraîtrait morose si sa courtoisie ne le lui interdisait. Déçu par les circonstances de l'éclipse, il est aussi affecté par la lenteur de *L'Étoile*. Des voies d'eau freinent toujours plus la flûte. Elle emmagasine à présent sept pouces[1] d'eau toutes les deux heures, et retarde la frégate. Il faut pomper à longueur de temps. Les matelots exècrent cette corvée qui les confine à fond de cale. Leur humeur s'en ressent, des disputes éclatent. Jeanne irait de bon cœur les aider si elle ne redoutait de se mêler à eux dans un espace réduit.

1. Dix-neuf centimètres.

« Et si l'avarie progresse ? s'inquiète le Capitaine en voyant *L'Étoile* traîner de l'aile tel un oiseau blessé. Est-il possible de continuer ainsi ? Il se perd déjà trop de temps. » Questions obsédantes. Un miracle vient heureusement compenser les malchances du jour : Alexandre Legrand, un canonnier de Saint-Servan, échappe à la mort !

Ils sont treize canonniers à bord de *La Boudeuse* : un maître, un second, onze aides. Effectif nécessaire en cas d'attaque. Or, cette spécialité ne les occupant guère en temps de paix, les canonniers servent également de matelots. Legrand déployait une bonnette[1] lorsque le marchepied a cédé sous son poids ! Sans doute le cordage avait-il pourri. Le malheureux a fait une sorte de saut de carpe… « Un homme à la mer ! Un homme à la mer ! » a hurlé l'équipage d'une seule voix. Legrand ne sait pas nager. M. Nicolas-Pierre Duclos-Guyot, le second de *La Boudeuse*, a aussitôt mis en panne tandis qu'un marin lançait une cage à poules. Le naufragé s'y est agrippé, on l'a sauvé. Mais il a tremblé durant des heures.

À peine *La Boudeuse* a-t-elle mouillé le 31 juillet dans la rade de Montevideo qu'un officier espagnol surgit, et annonce à Bougainville ébahi que le roi d'Espagne a ordonné d'expulser les jésuites de tous les pays de son royaume. S'en trouve-t-il à bord des deux navires français ? Non, heureusement.

C'est que les Espagnols n'y vont pas de main morte. Quarante pères, arrivés d'Europe par le même bateau que la dépêche royale, ont été arrêtés sur-le-champ. Tous les jésuites de la région sont incarcérés.

1. Petite voile carrée supplémentaire ajoutée à une voile principale.

Bougainville ne sait que penser de ces mesures. La confrérie représente à ses yeux l'une des institutions les plus honorables de l'humanité. Un gouvernement magique fondé par des armes spirituelles ! Une société dont tous les membres sont laborieux et où personne ne travaille pour soi ! Qui a christianisé et alphabétisé les Indiens, qui les a arrachés à la domination des planteurs… Mais, d'autre part : des curés sultans gouvernent en despotes des Indiens apeurés, assujettis à une vie laborieuse qui les fait mourir d'ennui… Le Capitaine oscille en lui-même comme une aiguille de balancier.

– S'il y a dans ce corps quelques intrigants, estime-t-il enfin au souper, le grand nombre, religieux de bonne foi, ne voient dans l'institution que la piété de son fondateur et servent en esprit le Dieu auquel ils sont consacrés.

– Allons ! ricane Commerson. Ils mangent dans de la vaisselle d'or tandis que leurs ouailles doivent se contenter d'écuelles de bois !

Et d'évoquer le goût du pouvoir qui caractérise les jésuites, de disserter sur les trésors immenses qu'ils accumulent. Bougainville lui jette un regard ambigu. Il partage le point de vue du botaniste, répugne à l'exprimer.

Malgré le mauvais temps persistant, Jeanne retrouve avec bonheur l'hospitalité charmante de l'Uruguay. La douceur du pays avait incité huit matelots de *L'Étoile* à déserter. L'un d'eux, Berthaud, réapparaît soudain, envoyé par le gouverneur qui l'avait emprisonné. Que sont devenus les autres ? Mystère. Commerson rapporte cet épisode dans son journal. Pourtant, ses annotations se raréfient. Il se contentera désormais de compléter ou d'illustrer le journal du volontaire Pierre Duclos-Guyot, fils du second de *La Boudeuse*. À Rio de Janeiro, le jeune homme est passé sur *L'Étoile* en échange de Jean-Robert Lemoyne. Celui-ci, qui ne jure que par M. de Bougainville, attendait fébrilement d'embarquer sur la frégate. Sa toux est toujours aussi violente.

– Comment se fait-il qu'il y ait trois Duclos-Guyot, le père et deux fils, dans ce voyage ? interroge Jeanne en s'apercevant qu'Alexandre Duclos-Guyot, frère de Pierre, vogue également sur *La Boudeuse*. Drôle de hasard, quand même !

Philibert lui explique d'un ton désabusé que le père a usé de sa forte position pour placer ses deux fils.

– Ah, bon ! fait Jeanne. Drôles de manières. Où ira le monde si chacun fait pareil ?

Une vie agréable s'annonce jusqu'après l'équinoxe. Bougainville ouvre un hôpital pour les malades, et les états-majors s'installent dans des logements. Quant aux matelots, ils coucheront alternativement par tiers à terre. Repos et bonne viande fraîche les prépareront aux fatigues à venir.

Le Capitaine s'inquiète ensuite d'acquérir des vivres. Il lui faut pour cela négocier avec M. de Bucarelli, gouverneur général de la province de la Plata, qui réside à Buenos-Aires. Donc aller là-bas. L'accompagneront le capitaine La Giraudais, le chevalier du Bouchage, enseigne de vaisseau[1] sur *La Boudeuse*, M. Commerson et son valet. On ira le 9 août en goélette.

Jeanne compte les jours…

1. Équivaut au grade de lieutenant.

Ayant à peine abordé à Buenos-Aires, les amants partent en inspection. Enfin seuls ! Jeanne soupire de bien-être, débarrassée de la cuirasse mentale qui la confine dans son rôle de valet parfait ! Si elle tient le coup dans les moments les plus rudes, c'est par la joie de participer à une aventure que les hommes refusent à une femme. Dire qu'ils estiment l'autre sexe inférieur ! En attendant, Jeanne les berne tous !

Sa félicité serait totale si ses seins broyés ne la faisaient pas tant souffrir. Elle étouffe. La bande sèche et rugueuse la brûle. Des élancements lui trouent la poitrine. Elle n'en dit rien à Philibert, tenant son vœu de ne pas lâcher une seule plainte. Mais à quelque chose malheur est bon, dit le proverbe. La douleur constante l'empêche d'oublier qu'elle est déguisée, et l'oblige à tenir son rang de valet.

C'est le prix à payer pour n'être pas à sa place, pour être la femme qui va librement là où elle veut.

Les maisons de Buenos-Aires, un simple rez-de-chaussée, donnent sur de vastes cours et des jardins. « Agréables à vivre », songe Jeanne. L'une surtout lui plaît, petite et harmonieuse. Philibert et elle y seraient si bien ! Elle a pendant quelques secondes la vision bourgeoise d'un souper devant un bon feu crépitant. Ils dégusteraient une fricassée de champignons qu'ils auraient cueillis dans la forêt… Puis elle se secoue. Rien n'est plus beau que l'aventure.

Au sortir de la ville, ils tombent sur des terres cultivées qui produisent fruits, légumes et blé. Quelle merveilleuse abondance, quelle facilité pour les habitants !

Trois lieues plus loin s'ouvrent paraît-il des campagnes immenses, habitées par des hordes de chiens sauvages, de bœufs et de chevaux. Les voyageurs de ce pays dorment dans leur charrette ou bivouaquent dans les champs. Ont-ils faim ? Ils tuent un bœuf, le dépouillent de son cuir, mangent ce qu'ils peuvent, abandonnent le reste aux chiens et aux tigres.

– Quel gâchis ! proteste Jeanne.

Elle n'oublie jamais les famines du Morvan.

Chemin faisant, le couple croise une troupe d'Indiens. Plus foncés que ceux d'Uruguay, observe Jeanne. Certains sont plus rouges, d'autres tirent sur le jaune… C'est vrai que les Blancs aussi n'ont pas tous le même teint. Ces Indiens portent, fourrure en dedans, de longs manteaux en peaux de chevreuil gaiement colorés au-dehors. Nombre d'entre eux sont couverts de lésions qui semblent dues à la gale. Ne connaissent-ils donc pas l'herbe aux gueux[1] ?

Et voici l'heure de se rendre au souper offert à ces messieurs par le gouverneur Bucarelli, qui les accueille sur l'escalier de sa demeure. L'hôte fête Commerson. La renommée du savant était parvenue à ses oreilles, et tous deux se prennent aussitôt d'amitié l'un pour l'autre. Le botaniste jubile. Ne sera-t-il pas le premier Européen à découvrir la flore de la contrée ? Une flore exubérante, qui plus est ! Mais Bucarelli le met en garde. Prudence ! Les Indiens forment une nation errante, armée d'arcs et de flèches. Elle pille et massacre habitants et voyageurs.

– Le temps n'est plus où un Espagnol faisait fuir mille Américains, déplore le gouverneur.

Au café, la conversation roule sur l'arrestation des jésuites. Bucarelli se flatte d'avoir réussi à garder le

1. La clématite.

projet secret jusqu'à l'instant du coup de filet. Un soir de forte pluie, il envoya des grenadiers vers onze heures à la mission. Ils frappèrent à la porte et demandèrent un père pour confesser le gouverneur. Un frère ouvrit. Les soldats le menottèrent, puis se rendirent dans les cellules, arrêtèrent tous les pères et saisirent leurs papiers.

La voix du marquis de Bucarelli s'entend dans l'office où Jeanne se tient dans un coin. « Malin, mais pas très honnête, songe-t-elle en écoutant le récit. L'honneur de ceux qui gouvernent n'est-il pas de donner l'exemple de l'honnêteté ? N'est-ce pas leur façon de mériter un poste supérieur ? »

Les documents saisis chez les jésuites révélèrent qu'un tiers de la ville leur appartenait. Surgirent aussi des mémoires politiques indiquant leur désir de subordonner les quatre parties du monde, ainsi que des confessions éclairantes. Si le vice-roi n'avait pas eu la prudence d'en supprimer, la moitié de la ville aurait tenté d'égorger l'autre. Les femmes surtout suppliaient de tout brûler... De plus, ces pères avaient établi un couvent qui accueillait pour des neuvaines des dames de la meilleure compagnie...

– Un souterrain permettait aux jésuites de les rejoindre sans être vus ! ajoute Bucarelli, sûr de son effet.

Et d'ajouter que la vérole dévore quelques-uns de ces saints hommes.

Commerson éclate de rire, tandis que Bougainville produit un sourire crispé. Il est pourtant lui aussi amateur de jolies dames... Pendant ce temps, Jeanne à la cuisine observe les Négresses, leurs colliers à amulettes, leurs seins charnus et libres de peser, leur corps déformé par les maternités. Son pantalon fait triste mine auprès de leurs tenues colorées, mais elle n'échangerait à aucun prix.

L'aimable M. de Bucarelli présente le Capitaine à ses propres fournisseurs, facilite la prompte expédition de vivres. De sorte que MM. de Bougainville et La Giraudais peuvent embarquer le 19 août sur une goélette en compagnie de cinq cents quintaux de biscuit. Restent M. du Bouchage, M. Commerson et son valet. Le grand départ n'est prévu qu'à la fin du mois de septembre.

Les botanistes enrichissent copieusement leurs collections. Et il n'y a pas que les plantes ! Ils tombent en extase devant les colonies d'oiseaux bigarrés. L'olivarez à dos olivâtre, ventre citron et tête noire, chante de manière délicieuse. Le plumage d'une sorte d'alouette est si varié, tous les roux de la terre y voisinent, que Philibert le nomme « variole ».

– Et ceux-ci vont toujours par couples, observe Jeanne avec un sourire.

Plumage jaune souci sur la gorge et la poitrine, ailes noires bordées du bleu qui colore la tête, ces cousins des passereaux sont ravissants.

– C'est vrai qu'on ne voit jamais le mâle sans la femelle, admet Philibert.

Ils se regardent avec tendresse. Y a-t-il au monde d'autres amants qui aient à disputer avec autant d'opiniâtreté, seconde après seconde, le droit d'être réunis ?

Les deux commandants ont quitté à regret Buenos-Aires, où les heures passaient si agréablement. Ils se doivent en effet de célébrer avec leurs équipages le jour de la Saint-Louis, fête du Roi. Sont prévus salves de canon, messe en musique, dîner, bal, illuminations, fusées. Dommage qu'il fasse si mauvais temps ! Pluie et grand vent ont régné tout le mois.

Le Capitaine s'inquiète aussi de retrouver le prince de Nassau, laissé en fort mauvaise santé à Montevideo.

Or, l'altesse lui fait un récit digne d'un roman d'aventures !

Tout ce qu'on avait raconté à Charles de Nassau sur la chasse au tigre avait aiguisé son appétit de nouveauté. Nanti des deux meilleurs guides indiens du pays, le prince partit en compagnie de son inséparable chevalier d'Oraison…

À ce point de son récit, Charles de Nassau réitère ses remerciements à M. de Bougainville pour avoir bien voulu inclure cet ami très cher dans son état-major…

Un interprète et un domestique les escortaient. Ils gagnèrent une demeure en principe habitée par un Indien, sa femme et quatre sœurs jeunes et jolies. Hélas, les belles personnes étaient absentes ! Deux cabanes composaient l'habitation, l'une de paille pour coucher la famille et l'autre de cuir, servant de cuisine. Elles dominaient un vallon où couraient des troupeaux immenses. L'hôte s'en fut attraper une vache au lasso et en décrocha un morceau délicat que sa femme fit cuire sans le dépouiller de sa peau. Les visiteurs apprécièrent la saveur de la viande, mais déplorèrent en secret l'absence de pain et de vin.

Le lendemain, changement de décor ! Ils arrivèrent à la fin du jour chez un vieux curé ruiné par ses frasques.

– Il a planté l'étendard de la foi dans le cœur d'Espagnoles, d'Indiennes, de Négresses et de mulâtresses, observe Nassau, aussi a-t-il le plaisir de se voir entouré d'une bande de petits citoyens de nations diverses, tous enfants de l'Église…

Ce diable de curé donna un bal. Femmes et enfants s'assemblèrent dans une grande salle à peine éclairée. Accompagnées par un Nègre et un Indien qui jouaient l'un de la harpe et l'autre de la guitare, ces dames dansaient en chantant des chansons obscènes. Leurs chants et mouvements lubriques échauffèrent tellement l'imagination du vieux curé qu'il faillit se trouver mal de plaisir. Après les danses, on servit un souper très épicé qui acheva d'allumer la ferveur de l'octogénaire. Il alla se coucher entre deux femmes.

Quant à Nassau et d'Oraison, ils attendaient le jour avec impatience. L'aube les vit partir vers le bord de la rivière de Sainte-Lucie, où était prévue la chasse au tigre.

Nassau commente longuement le périlleux exercice, et conclut avec modestie :

– J'en tuai un d'un coup d'escopet dans l'épaule.

L'histoire amuse beaucoup Commerson à son retour. Cependant, l'ambiance à bord des deux vaisseaux est maussade. Les raisons ne manquent pas. Philibert les conte à Jeanne tandis qu'ils trient les dernières collectes.

Le jour de la Saint-Louis, un canonnier de *La Boudeuse* eut le bras fracassé par un coup de canon. Le chirurgien dut lui couper la main au-dessus du poignet.

– Qu'est-ce que ça devient dans la vie, un fort-à-bras sans sa meilleure main ? s'apitoie Jeanne.

Philibert poursuit. Les capitaines ont vu arriver un navire espagnol qui n'avait pas pu franchir le cap Horn. Outre son gouvernail, il avait perdu trente hommes. Bougainville, qui hésitait encore, a donc choisi d'emprunter le détroit de Magellan. « Ça se paie cher, l'audace de naviguer sur les océans lointains », songe Jeanne.

Mais pour l'heure il n'est question ni de cap Horn ni même de détroit de Magellan : *L'Étoile* a subi une avarie, et non des moindres !

Par une tourmente de sud-ouest, conte encore Philibert, la malchance a fait que *Le Saint-Fernand*, un vaisseau espagnol, chasse de nuit sur ses ancres et percute la flûte. Le mât de beaupré s'est rompu. La fissure qui causait la voie d'eau s'est encore agrandie. S'ajoute à cela un épisode funeste. Un marin blessé dans l'accident glissa par-dessus bord. Vivès, qui ne savait pas nager, voulut embarquer dans une chaloupe afin de lui porter secours. Un homme le portait. Alors qu'ils allaient joindre la chaloupe, un coup de mer les renversa dans l'eau glacée. Comble de malheur, une centaine de piastres dans ses poches tirait le chirurgien vers le fond. Les matelots lui jetèrent une gaffe, qu'il réussit à saisir en agitant bras et jambes. Ils le hissèrent à bord, et il passa bien du temps à recracher toute l'eau salée qu'il avait absorbée.

Trempé jusqu'aux os, il resta ensuite cinq heures d'affilée dans ses vêtements mouillés pour soigner le blessé qui avait la jambe fracturée et les chairs broyées. Hélas ! la gangrène se déclara vingt-quatre heures après. Quant à Vivès, il se sentait fiévreux et le souffle lui manqua dans l'escalier. Gravir les dernières marches l'épuisa. À peine sur le pont, il s'assit pour se remettre de son essoufflement, ressentit une vive douleur thoracique, là-dessus se mit à tousser. La douleur était telle qu'il s'allongea sur le plancher… C'était une pleurésie.

Jeanne en connaît un rayon, sur la pleurésie ! Philibert a failli en mourir. Le chirurgien se doute-t-il de la gravité de son état ? « Les médecins soignent selon leurs livres, et ne s'y connaissent pas toujours en maladies », songe Jeanne.

– Il a parfois la vue étroite, mais il se donne à ce qu'il fait, reconnaît Philibert.

Hospitalisé, le courageux Vivès doit renoncer au tour du monde.

Déveine, l'accrochage entre les deux navires a rendu *L'Étoile* inapte à poursuivre ! Il faut réparer. Au moins sera résolue la question de sa voie d'eau, qui ne pèsera plus en menace perpétuelle ! Or, ces dommages sont irréparables à Montevideo !

Bougainville commande à La Giraudais de rallier La Ensenada, petit port de la baie de Baragan, au sud-est de Buenos-Aires. Le pacotilleur fait diligence pour préparer la flûte – n'a-t-il pas à démontrer sa parfaite soumission ? – mais l'hiver rend la rade de Montevideo si dangereuse qu'elle ne lèvera pas l'ancre avant cinq jours.

Le Capitaine, qui a prêté à *L'Étoile* ses calfats, ses charpentiers et son forgeron, se décide à la commander lui-même, n'ayant bizarrement pas trouvé de pratique[1]. Il ne sera pas seul : Philippe, un pratique du roi d'Espagne, doit conduire à La Ensenada *Le Saint-Fernand* escorté du *Carmen*, autre vaisseau espagnol. Une goélette sondera devant eux, et le Capitaine n'aura qu'à les suivre.

Il part confiant.

Or, le lendemain, on s'aperçoit au lever du jour que *Le Saint-Fernand* s'est envolé !

– Le pilote Philippe mérite d'être pendu, rage Bougainville, consterné.

1. Pilote habitué à pratiquer dans un lieu particulier.

Et de révéler :

– Son procédé est d'autant plus criminel qu'il a empêché par ses menaces un pratique de venir avec nous.

Il guette le départ du *Carmen*, puis envoie le canot et la chaloupe sonder devant lui. Cinq heures plus tard, il aperçoit *Le Saint-Fernand* et *Le Carmen* immobiles… Qu'attendent-ils ? se demande-t-on. Et voici que les deux navires espagnols s'élancent dans le sillage de *L'Étoile*, maintenant qu'elle trace la route !

« Ce Philippe est à la fois mauvais pilote et méchant homme », songe Jeanne.

La Ensenada n'est hélas qu'un « mauvais village » à chaumières en joncs couvertes de cuir, sans équipement ni matériel ! Le débarquement est impossible par basse mer. Pendant trois jours, éclairs, tonnerre et grosse pluie empêchent quiconque d'aller à terre. Le soir, tout étant fermé dans la grande chambre, on aperçoit un million de petites saignées d'eau que le vent fait passer à travers l'épaisseur du bois.

– Même en Inde, je n'ai pas vu d'ouragan aussi violent, commente Vivès.

Bien que faible encore, le chirurgien a tenu à embarquer. Philibert et Jeanne l'ont accueilli avec chaleur, et Jeanne lui a porté une potion à base de bardane. La prendra-t-il ? Sans doute la noiera-t-il dans un verre de vin. Dame, quand on aime tant à boire, c'est plus fort que soi ! Et lorsque le chirurgien a bu, il la regarde d'un air qui la met mal à son aise.

L'examen sérieux du navire met à jour quantité de malfaçons ignorées.

– La cruauté ou l'ignorance de ceux qui ont expédié cette flûte pour un voyage aussi long mériterait un châtiment exemplaire ! tonne le Capitaine. L'intendant de Rochefort nous a fait toutes les chicanes possibles !

Le jeune Lemoyne n'avait pas menti.

Bougainville ne peut se permettre d'avertir le ministre par écrit, mais il saura se plaindre de vive voix.

À bord de *L'Étoile*, l'état-major se tourmente. Dénichera-t-on un mât convenable, des bois adéquats ? Un mât de beaupré et un mât de hune arrivent enfin de Buenos-Aires. Or, ni l'un ni l'autre ne conviennent, constatent les charpentiers.

La gorge de Bougainville se serre. Lui d'ordinaire optimiste voit l'horizon chargé de nuages opaques. Il marche de long en large sur le pont, incapable de maîtriser sa nervosité. *L'Étoile* sera-t-elle en mesure de poursuivre le grand voyage ou devra-t-il se passer de la flûte ? Peut-il envisager de continuer sans elle ? Au meilleur des cas, combien de semaines va-t-elle rester prisonnière de cette misérable baie ?

11

La Ensenada
15 septembre 1767

Réparer la flûte, le peut-on ? La question lancinante tourmente le Capitaine, les officiers et les matelots.

Seule Jeanne ne s'en fait guère. Nul ne peut se vanter de savoir ce qui est mal, ce qui est bien. Qui sait si l'obligation de rentrer en France ne leur sauvera pas la vie ? Qui sait si Bougainville et ses compagnons ne vont pas à leur perte en voulant coûte que coûte accomplir le tour du globe ? Et, à supposer qu'on puisse réparer la flûte, qui sait si l'attente forcée dans ce petit port ne leur vaudra pas d'éviter une tempête fatale ?

Or, la chance tourne. De bonnes pièces sont dénichées. Reste à imaginer comment affaler *L'Étoile* pour radouber sa quille. Cependant, M. de Bucarelli, toujours aussi serviable, autorise M. de Bougainville à entreposer le chargement de la flûte sur deux frégates espagnoles. Il faut donc la vider ! Cela signifie que le contenu de la chambre du botaniste doit déménager !

Le valet refait les vingt-cinq caisses, emballe l'ensemble de la collecte… Philibert en profite pour adresser les plus beaux spécimens à Bernard de Jussieu, le professeur de botanique en charge du Jardin du Roi. Jeanne remplit les caisses avec tant d'intelligence et de dextérité que son amant se félicite une fois de plus de sa présence auprès de lui. De son côté, il rédige une longue lettre explicative. Puis La Giraudais charge aimablement l'officier Pierre Landais, patron du canot de *L'Étoile*, de s'occuper de l'envoi.

Jeanne a souvent observé l'aptitude de cet officier, toujours en conflit avec quelqu'un, à faire des histoires pour tout et pour rien. Il ne parle que d'un ton brusque. Les matelots ne l'aiment guère et se moquent de son nez retroussé. « Peut-on faire confiance à quelqu'un qui ne regarde jamais les gens dans les yeux quand il leur parle ? » s'interroge Jeanne.

Mais le valet de M. Commerson n'a pas d'autre ressource que de porter les caisses dans le canot.

Las ! la bienveillance du gouverneur Bucarelli n'empêche pas les formalités d'absorber des jours précieux.

– La patience d'un ange échouerait contre les lenteurs qu'on essuie ici ! peste Bougainville.

Son humeur est d'autant plus maussade qu'il ne domine pas la suite des opérations. L'anxiété le mine. Une fois le chargement réparti entre les frégates espagnoles, le problème reste entier : comment s'y prendre pour affaler la flûte ?

Sans compter que le temps a passé. On va manquer la période favorable pour traverser le terrible détroit de Magellan.

Et Philibert qui se réjouissait de naviguer dans les mers pacifiques « en pantoufles et en caleçons » ! se souvient Jeanne.

Et puis, par miracle et à prix d'or, le Capitaine réussit à fréter la plus grande goélette de la rivière, la seule qui puisse supporter le poids de *L'Étoile* ! Mais il n'est pas au bout de ses peines ! Car la fameuse goélette s'échoue en quittant le port de Rio-Chuelo ! La relever n'est pas une mince affaire. Il faut patienter quatre jours jusqu'à ce que la mer monte. Affalée sur la goélette, la flûte gît alors sur le flanc telle une bête à l'agonie. Un drôle de spectacle et un bon pas de fait !

Le temps s'écoule avec le désagrément de détecter toujours plus de dégâts. Toutefois, le 13 octobre, *L'Étoile* est soudain apte à repartir, comme une fleur fatiguée qui d'un coup récupère sa fraîcheur. Elle va devoir se montrer d'attaque. Une tourmente n'a-t-elle pas anéanti une goélette qui venait de Montevideo ? Vingt personnes ont péri. Seuls survivent un officier et un matelot.

La sagesse commande d'attendre le temps favorable, et la flûte s'envolera vers l'horizon lisse et clair tel un cygne qui s'élève au-dessus d'eaux croupissantes. L'équipage appareille enfin gaiement vers la pointe de Lara, où l'on pourra récupérer le chargement réparti sur les deux frégates espagnoles.

Bougainville a trompé son impatience en fréquentant avec assiduité Buenos-Aires, où Bucarelli le traitait en prince. Il y a retrouvé Commerson, enchanté d'être admis chaque jour à la table du gouverneur. Le botaniste ne cessait d'engranger graines, plantes et minéraux. Quant au valet, il baissait les paupières pour cacher l'éclair de joie qui lui illuminait le cœur.

Cependant, le radoub a duré moins de temps que prévu, et il est soudain l'heure de prendre congé.

Bucarelli, qui doit se rendre par terre à Lima, capitale du Pérou, invite Commerson à profiter de ce voyage séduisant. Le savant pourra ensuite rejoindre la flottille de Bougainville dans les mers du Sud. Mais celui-ci repousse l'offre en disant qu'il préfère partager les peines et les joies de ses compagnons. En vérité, il craint surtout de jeter Jeanne – et lui-même – en de nouveaux périls. Devoir renoncer à cette expédition lui pince le cœur.

Ayant fait leurs adieux, Bougainville, Commerson et son valet attendent en vain la goélette qui doit les emporter vers la pointe de Lara. Elle s'est échouée. Le Capitaine finit par trouver une chaloupe, et ils arrivent à bon port le 30 octobre. Pour s'apercevoir que *L'Étoile* s'est déjà envolée vers Montevideo.

La Giraudais a-t-il été emporté par l'impatience de progresser, ou la manœuvre lui sert-elle à préciser qu'il est maître à bord ?

Ayant levé l'ancre à dix heures du matin ce 30 octobre, la flûte avance avec précaution. On sonde le chenal à tout instant. Désireux de se montrer l'égal de Bougainville, La Giraudais s'est abstenu de recruter un pratique. Il a de la chance, car un calme plat lui facilite la tâche. Or, le lendemain matin, les cris de la vigie retentissent à cinq heures et demie.

– Bateau corsaire à bâbord !

Un tir de canon le confirme.

La Giraudais voit le navire inconnu s'avancer à vive allure…

Que veut-il ?

Il a mis son pavillon, signe de courtoisie. Alors que faire sinon le laisser approcher ? Mais qui connaît les intentions de son capitaine ? Les forbans ont plus d'un tour dans leur sac.

Accroché à sa longue-vue, La Giraudais saisit bientôt qu'il s'inquiète à tort. Il a reconnu à bord du corsaire la silhouette décidée de M. de Bougainville, puis celles d'un grand dégingandé et d'un individu plus petit, Commerson et son valet.

Ils accostent.

Penaud sans en rien laisser paraître, le pacotilleur rend le commandement de *L'Étoile* à l'astucieux Capitaine.

Jour après jour, on avance pas à pas, derrière la chaloupe et le canot où opèrent les sondeurs. Parmi ceux-ci, dans la chaloupe, l'Hercule promène avec enthousiasme sa petite pyramide de plomb sur le fond de la mer. La route au fond de vase jaunâtre peu engageant est bien plus étroite qu'indiqué sur la carte. Aucun banc n'est balisé, et il faut louvoyer dans un chenal sinueux. Les seuls qui apprécient la lenteur sont Commerson et son valet, ravis de pouvoir inspecter la végétation côtière.

Vers trois heures de l'après-midi, Jeanne pousse un cri ! Malheur ! Elle peine à en croire ses yeux. Alors que *L'Étoile* virait de bord, les signaux nécessaires ayant été échangés avec la chaloupe, elle a vu celle-ci glisser sous la flûte et verser avec ses cinq occupants. Vite, on jette l'ancre, mais la mer écume et bouillonne, diabolique. Les hommes se débattent, roulés par les flots. L'un s'accroche à l'Hercule qui – malédiction ! – s'en débarrasse d'un coup de poing. Ni l'un ni l'autre ne savent nager. Les matelots leur lancent une cage, une chaise, des planches. En vain. Épuisés par la quantité d'eau avalée, les deux naufragés disparaissent, réapparaissent en hurlant, disparaissent à nouveau… Jeanne scrute les vagues en espérant les voir émerger, mais les minutes passent sans qu'ils donnent signe de vie.

– Vingt dieux ! jure-t-elle.

Sur les trois marins qui se débattent encore, deux sont enfin repêchés. Quant au patron de la chaloupe, il sait nager. Il réussit même à ôter ses bottes, et fanfaronne :

– C'est un plaisir d'aller boire à la grande tasse !

Un Malouin lui lance une bouée. Pourquoi ne l'attrape-t-il pas ? L'a-t-il vue ?

– Hé ! crie Jeanne cramponnée au bastingage. La bouée, ici !

Il l'ignore toujours. A-t-il entendu ?

– La bouée ! s'égosille Jeanne dans ses mains en porte-voix, saisissant trop tard qu'elle a crié de sa voix de femme…

Quelqu'un s'en est-il aperçu ? Masquant son effroi, elle se racle la gorge comme pour se débarrasser d'un chat. Une vague monstrueuse à cet instant submerge le naufragé. Il coule à pic sous les yeux de l'équipage pétrifié. Et disparaît.

– À portée de fusil, murmure le Malouin.

Il ramène lentement la bouée qui caracole sur les vagues. Jeanne a la bouche amère.

Privés de sacrement et de sépulture religieuse, les trois iront-ils au ciel des bienheureux ? s'interrogent les matelots. Le père Buet, s'il n'avait pas été assassiné, aurait pu prier pour le repos de leurs âmes. Elles sont maintenant destinées à errer. Jeanne fait une prière pour ces hommes, et surtout pour l'Hercule. Il habite à présent son cœur, et n'en disparaîtra pas.

Bougainville éprouve beaucoup de chagrin pour les disparus. L'un de ses plus chers désirs est de ramener en France ses équipages sains et saufs. Fasse le Ciel que cet accident soit le dernier !

Là-dessus, le Capitaine découvre avec stupeur que, malgré le radoub, la flûte continue à faire de l'eau. Sa colère froide est terrible. Qui a bâclé le travail ? Qui s'est autorisé la négligence ? Dans l'incapacité de désigner les responsables, il ne sévit pas, soucieux par-dessus tout de n'être pas injuste. Mais c'est à peine si le prince de Nassau réussit, au souper qui les réunit à Montevideo, à le dérider par le récit des nouvelles aventures vécues en compagnie du chevalier d'Oraison.

L'altesse les conte de son ton désinvolte, sans se départir de cet air ingénu qui amuse Commerson.

Le récit ne manquait pas de cocasserie. Philibert en fait profiter Jeanne tandis qu'ils se dirigent, seuls et emplis de bonheur, vers des hauteurs encore inconnues d'eux.

– Prince ou pas, l'est un gros poupard qui n'aime que jouer, commente Jeanne.

Elle voit juste, songe son amant, qui poursuit :

– Ces messieurs souhaitaient visiter l'intérieur du pays. Les voilà partis avec un détachement d'infanterie qui allait relever un poste. Maldonada, je crois, ou un nom semblable. Ils marchent pendant trois jours sous un temps affreux, puis sont arrêtés par une rivière grossie par les pluies. Ils se logent alors chez un Indien, et passent trois autres jours à chasser. Cerfs, chevreuils, gazelles.

– Ils en avaient besoin pour manger ? interroge Jeanne.

Philibert hausse les épaules. Possible.

– Ces gens-là vivent autrement que nous. Il a dit : « Nous n'avions qu'un guide, un domestique, vingt-cinq chevaux et autant de chiens. » D'après lui, c'était modeste.

Ils rient.

– C'est pas rien de nourrir tout ce monde, observe Jeanne.

Maldonada, ou quel que soit son nom, déçoit le prince. L'endroit est peuplé d'une douzaine de familles qui logent sous des peaux de bœufs. Non loin, une île sert d'exil à des criminels. Le pire, c'est la troupe de brigands qui rançonne le pays. Des Espagnols, des Portugais, des Sauvages et des Nègres. Leur chef, Pinto, un mulâtre, fut autrefois lieutenant-colonel au service du Portugal. Ils enlèvent les chevaux, volent les habitants, les forcent à s'enrôler avec eux, sinon les égorgent. La veille, ces pillards ont raflé les chevaux à l'entrée du village, et les soldats n'ont pu en arrêter aucun.

Néanmoins ces messieurs ne se découragent pas, et décident de gagner un cap réputé pour fourmiller de tigres. Le guide commence par s'égarer. D'où une nuit à la belle étoile, avec la pluie qui tombe à seaux. Ils atteignent leur cap trois jours plus tard et peuvent enfin s'adonner à la fameuse chasse.

Ils débusquent un tigre. Nassau tire, l'animal rentre dans le fourré. Comme les chiens refusent de donner, les messieurs se décident à fouiller les broussailles. Chacun sa portion de territoire. Soudain Nassau entend d'horribles feulements et le bruit d'un coup de fusil. Il accourt vers d'Oraison et aperçoit le tigre appuyé des deux pattes sur la croupe du cheval de son ami. Le cheval rue, le cavalier tombe à terre. Nassau vise le tigre à la tête, mais la bête se retourne contre lui. Il a juste le temps de s'allonger sur le cou de son cheval – à qui le tigre emporte un morceau du flanc – pour éviter d'être saisi lui-même, et le brave animal l'emporte malgré sa blessure.

Cependant le félin a fait courir tant de danger à ces messieurs qu'ils refusent de le lâcher. Ils suivent la trace de son sang jusqu'à un ravin, à une demi-lieue de là, où Nassau l'achève.

– « Les événements de cette chasse en firent un spectacle beau et intéressant à la fois », cite Philibert en mimant l'air ingénu du prince, un air de demoiselle à peine sortie du couvent.

Et Jeanne rit. Elle rit de la mimique, elle rit surtout du bonheur de marcher dans la campagne avec Philibert, d'adapter son pas à celui de l'homme aimé. Il lui semble que le monde entier rayonne avec elle. Un voile de brillance habille le gris du ciel. Philibert est heureux, lui aussi. Il le lui dit en l'embrassant d'un baiser rapide dans le cou.

Le prince et d'Oraison se font ensuite conduire à une mine d'or située dans les environs. Ils s'arrêtent vers le soir dans une maison qui vient d'être pillée. Et voici que leurs chevaux disparaissent ! Les voleurs ? Craignant d'être attaqués, ils passent la nuit en armes et veillent à tour de rôle, claquant des dents. Mais les chevaux s'étaient simplement échappés, et réapparaissent le lendemain ! Ces messieurs auraient mieux fait de dormir tranquillement. Deux jours après, nouvelle alerte. Ils aperçoivent des feux sur une montagne inhabitée. Les pillards, sans doute ! La lumière baisse. Il faut, ou s'égarer davantage, ou reconnaître les feux. Ils décident de marcher et de combattre si les voleurs ne sont pas trop nombreux, de capituler au cas de leur forte supériorité. D'Oraison prépare pour Pinto un discours persuasif qui comporte des propositions d'alliance et d'association.

– Tu les vois, associés-voleurs, exerçant leur emploi avec distinction ? s'amuse le conteur. L'idée de changer à ce point d'état les a beaucoup fait rire.

Or, ce ne sont que des pâturages en feu, et ils ont écrit cette harangue pour rien. Ils arrivent paisiblement en un lieu où la rivière roule un sable mêlé de paillettes d'or. La mère-mine est ouverte. On en retire des pierres veinées d'étain et d'or. À trois lieues de là, on trouve aussi de beaux morceaux de cristal, de pierre violette, jaune et blanche.

– C'est l'étape de leur expédition que j'envie le plus, dit Philibert.

Ces messieurs rencontrent ensuite les Sauvages Minuenes, un peuple qui erre le long des bois et des rivières. Des huttes en nattes et peaux de bœufs logent les familles. Ces Indiens grands et assez bien bâtis sont couleur de bronze. À peine distingue-t-on les femmes, aux traits peu délicats. Elles sont moins nombreuses que les hommes et, certains ayant plusieurs épouses, nombre d'entre eux sont célibataires. À la mort de leur mari, elles se coupent la phalange d'un doigt.

– Le bon Dieu ne demande certainement pas qu'on se coupe des morceaux de doigts, l'interrompt Jeanne. Et s'Il nous a faits avec des doigts à trois phalanges, c'est pour qu'on les garde.

Philibert rit, et soudain s'arrête net. Quelle est cette fleur purpurine, là-bas ?

Oubliées, les aventures du prince et de son compagnon. Les amants collectent fleurs et graines avec frénésie. La joie leur inonde le cœur à l'idée de faire essaimer ailleurs dans le monde la flore de Montevideo.

Montevideo, qu'il faut maintenant s'apprêter à quitter après un triste bilan : un mois de perdu, trois hommes de noyés.

Bougainville donne des directives, arrime dans les soutes un an de biscuit, farine et salaisons, fait couper foison d'herbe pour les bestiaux qu'il prendra au dernier moment.

Cependant, le départ vers le soleil levant s'accompagne de nostalgie. Vivès n'est pas le seul à regretter par avance les habitants de cette contrée qui ont su leur adoucir le temps avec une générosité rare. D'ailleurs douze soldats et matelots des deux navires ont déserté.

« Pas étonnant ! songe Jeanne. La première chose qu'on voit ici, c'est qu'on peut vivre presque sans travailler, et paresser sous le soleil au lieu de s'échiner pour gagner à peine de quoi manger. »

Le 14 novembre, les navires appareillent enfin de Montevideo.

– Notre vaisseau se comporte mieux que jamais, jubile M. Caro, le second de *L'Étoile*.

– Rien de surprenant ! observe Commerson avec une pointe d'acidité. Il n'a jamais été aussi léger. Rien sur l'entrepont, tout dans la cale !

On vogue ainsi jusqu'au 22 dans la soirée. Soudain, un coup de vent, des orages, des grains ! Une mer furieuse durant la nuit entière ! Des lames recouvrent les gaillards d'avant et d'arrière. L'une coiffe même la dunette. Une autre génère des secousses si violentes que la cloche se met à tinter. Les hommes s'endorment dans des vêtements trempés car ils ne possèdent pas de rechange. Les vaisseaux évoluent dans une brume si dense que chacun doit tirer des coups de canon pour signaler sa position.

Au matin, on recense les dégâts. À l'exception de quelques volailles, tous les bestiaux ont disparu. Qui sait quand on pourra se réapprovisionner ?

12

Cap des Vierges
2 décembre 1767

Nul ne savait quand on parviendrait à remplacer les bestiaux, mais la faune qui s'ébattait autour des vaisseaux était d'une richesse prodigieuse.

La petite paysanne du Morvan contemplait, émerveillée, des animaux dont elle n'avait jamais soupçonné l'existence. Pingouins, loups marins, baleines, équerets, quebrantahuesos, signalait un Philibert extasié. Cette densité animale paraissait d'excellent présage à Vivès, qui les dégustait mentalement en ragoûts et pâtés.

De son côté, M. de Bougainville repéra des alcyons, oiseaux de mauvais augure sur toutes les mers du globe.

La prédiction du Capitaine sonne juste aujourd'hui, 2 décembre, alors qu'on pense reconnaître le cap des Vierges, à l'entrée du détroit de Magellan. Un brouillard épais mange la vaste baie. La pluie empêche de voir à plus d'une lieue. On ignore encore que le vent debout et le gros temps s'acharneront pendant deux jours.

Dans la nuit du 4 au 5 décembre, une éclaircie donne enfin espoir. Les vaisseaux visent l'entrée du goulet, mais aussitôt les vents sifflent avec furie et la brume s'épaissit. On doit une fois de plus mettre à la cape, attendre. Tour à tour le vent, le brouillard, les menaces d'orage font échouer les tentatives. Il faut sans cesse changer l'orientation des lourdes voiles. Les matelots sont harassés. Jeanne s'afflige de les voir peiner sous les vagues, tirant, poussant, hissant, affalant à longueur de milles, n'ayant même plus le cœur à entonner ces chansons de marins qui leur viennent aux lèvres dans les coups durs. Le timonier, transi, souffle sur ses mains pour tenter de réchauffer ses doigts gelés. Le passage du détroit semble une souricière dont nul ne sortira indemne.

Commerson montre des signes de fatigue et, dans les soins qu'il dispense aux autres, se reconnaît avare de chaleur humaine. Son regard fermé, fuyant, ne le rend pas sympathique. C'est qu'il se tient sur la défensive, se reproche d'avoir emmené Jeanne. Avant le départ, il croyait n'être passible que d'irrespect envers Sa Majesté le Roi et de trahison envers Bougainville. Il entrevoit maintenant la colère des hommes privés de femme s'ils s'avisaient d'une présence féminine à bord.

Cette attente sans fin pèse aussi à Jeanne, raidie dans son armure de tissu. Son thorax pleure sa liberté tandis que bourrasques et coups de mer basculent les corps de bord à bord. Des cauchemars nocturnes, où chaque fois sa tromperie émerge au grand jour, rongent sa vitalité. Mais elle est résolue à garder la tête haute. Son corset de travestie ne lui permet-il pas de rouler sur les mers comme n'importe quel homme hardi et vaillant ? Alors, elle s'exhorte à la patience et attend avec l'équipage que l'ordre soit donné de s'engager dans le détroit.

Alors, elle qui risque à chaque instant de se faire découvrir, s'ingénie à encourager Philibert, lui qui masque une inquiétude palpable sous des plaintes relatives à sa jambe, à ses poumons, à ses rhumatismes. Alors, elle s'enorgueillit d'être une femme déguisée pour le doux rêve d'accompagner son amant.

Philibert lui voit un air de victoire, mais ne dit mot. Il a froid, et l'impression que le sang se fige dans ses artères. Il souffre aussi de n'avoir aucune nouvelle de son fils. Jusqu'à la dernière minute, il a espéré recevoir à Montevideo une lettre de l'abbé Beau, son beau-frère. Rien. Reverra-t-il son enfant ? Archambaud apprend-il à lire, à écrire ? Songe-t-il parfois à son père ?

Enfin le 6 décembre, les vaisseaux foncent dans le détroit tels des béliers qui s'acharnent à fracasser un mur. La joie des équipages explose. On danse au son des tambours, des fifres, des violons.

La musique est aussi dans le cœur de Jeanne. Tant de merveilles l'attendent ! À l'âge où ses parents ont disparu, elle s'apprête à vivre une expérience que bien peu d'êtres ont connue. Nulle femme, en tout cas. Malgré les conditions ardues – la plus dure est de devoir masquer son amour pour Philibert –, et l'épreuve traversée ces derniers jours, elle ne regrette pas d'avoir désiré comprendre l'envie des hommes d'aller si loin dans le monde. La vie concédée aux femmes est si étriquée, si mesquine, en comparaison.

Ce n'est rien de dire que le détroit est étroit. La masse d'eau qui veut s'engager dans le goulet produit des remous, des gonflements, des contre-courants. Nombre de petits caps présentent une pointe dangereuse. Il vaut alors mieux éviter de tomber à la merci des marées. Rochers, bancs et cailloux abondent sans être signalés sur les cartes existantes. Capitaines et officiers doivent à toute seconde rester sur leurs gardes. Des rivières bleues leur cernent les yeux.

La nuit, on distingue des feux allumés de-ci de-là sur les deux rives. Certains semblent flotter. Jeanne est impatiente de rencontrer les fameux Patagons. Magellan les avait ainsi dénommés en raison de la taille impressionnante de leurs pieds. D'autres explorateurs les ont décrits en de longs textes ; d'après eux ces géants atteignent sept à huit pieds[1]. « Ce doit être impressionnant, songe Jeanne. Philibert, qui pourtant dépasse d'une tête la plupart des hommes de *L'Étoile*, ne fait que cinq pieds trois pouces… » Au loin, voici justement une vingtaine de ces Patagons ! Revêtus de longs manteaux de peaux, ils courent à toutes jambes le long de la côte. On dirait qu'ils cherchent à accompagner les vaisseaux. Ils font des signes de la main, comme pour inviter à venir vers eux… Peut-on répondre sans crainte à l'invitation ? N'est-ce pas un traquenard ? Le vent, très violent et constant, ne semble pas les gêner.

Après avoir passé en deux heures ce que M. Caro nomme « le premier goulet », les navires s'amarrent dans une belle baie. « Et maintenant ? » s'interroge Jeanne, partagée entre l'inquiétude et la curiosité. Elle n'aura pas longtemps à attendre, car les commandants font aussitôt mettre les canots à la mer. Sans hésiter, Philibert lui ordonne de le suivre avec la boîte à herboriser, et se joint à quelques officiers bien armés, tandis que d'autres prétendent laisser la place aux plus pressés. Courage, ou inconscience ?

1. Plus de deux mètres. Commerson rétablira la vérité : « tous de cinq pieds six pouces à cinq pieds et huit pouces » [environ 1 m 80]; il fournira aussi une description minutieuse des coutumes, des vêtements et des pirogues.

À peine débarque-t-on sur la côte pierreuse que six Sauvages à cheval surgissent au grand galop. Comment lire une intention sur leurs visages peints de rouge vif ? Ils quittent leur monture à cinquante pas, et accourent vers les visiteurs en criant gaiement : « *Chaoua, chaoua !* »

Les officiers serrent la crosse de leur pistolet. Jeanne frémit. Sans doute se méfient-ils à juste titre. Ceux qu'on appelle des Sauvages ne peuvent être que méchants. Leur aurait-on donné ce nom s'ils n'étaient pas agressifs ? Un matelot dit qu'ils mangent les hommes. Quelques-uns portent un quartier de chair pendu à l'arçon de leur selle ou même à leur propre ceinture[1]… « *Chaoua, chaoua !* » Et si ces mots signifiaient qu'ils se réjouissent de faire un bon repas ?

Mais Jeanne sent que le cri est plein de douceur. En effet, les Patagons accourent en tendant les mains. Et n'est-ce pas une lueur craintive qui brille entre leurs paupières barrées d'un gros trait noir ?

Ils approchent. « Des géants, ces gens-là ? » s'interroge Jeanne.

Ils sont râblés, à fortes épaules sur un tronc important surmonté d'une grosse tête, mais le plus élancé ne dépasse pas six pieds. Leurs grandes bouches s'ouvrent sur de belles dents blanches. Les chevaux sont aussi maigres et chétifs que les maîtres sont gros et gras. Et voici que les Patagons serrent les navigateurs dans leurs bras, s'écriant sans cesse et toujours plus vite : « *Chaoua, chaoua !* »

– Ce doit être un mot amical, intervient Commerson. Un mot pour dire : ami, la paix, bonjour ou je vous salue.

1. Des quartiers de guanaco.

La troupe s'accroît. Ils sont bientôt une trentaine, en manteaux de vigogne ouverts sur le devant. Des braguettes de cuir cachent les attributs virils. Jeanne aperçoit trois femmes. Leurs tenues se distinguent de celles des hommes par une ceinture. Une bourse de peau y est attachée. Un lacet de cuir ou de laine retient leurs cheveux tressés. L'une porte un poupon dans un panier d'osier. « Ils n'auraient pas emmené cet enfant s'ils avaient l'intention de nous maltraiter », se rassure Jeanne.

Bougainville fait distribuer du pain et du biscuit. Les Patagons les saisissent avec avidité, preuve qu'ils reconnaissent ces aliments. « S'ils étaient méchants, songe Jeanne, mêlés comme nous sommes, ils pourraient nous serrer et nous étouffer. » Car ils se montrent de plus en plus affectueux. Surtout envers l'élégant prince de Nassau à la carnation si fraîche. Ils caressent le velours de son habit rouge doublé de blanc et les boucles de sa perruque, lui font mille grâces. Jeanne saisit qu'ils le prennent pour une femme, et peine à maîtriser le rire qui lui gratte la gorge !

Un Patagon s'approche maintenant de Philibert en poussant une jeune fille devant lui. Ce père exprime par gestes qu'il souhaite échanger les faveurs de la demoiselle. Ce qui l'intéresse en retour, c'est la vieille redingote bleue ! « Cette fille n'a pas plus de quatorze ans ! » constate Jeanne en la voyant de près. Ses sourcils sont épilés. Elle sourit d'un air doux. Commerson embrasse le père, manière de ne pas le vexer par son refus.

– *Naticom pitou !* crie alors un autre Patagon, repris en écho par ses frères.

Et de faire le geste de fumer ! On leur signifie ne pas disposer de tabac. Les officiers leur offrent de petits bonnets, qu'ils leur arrangent sur la tête, et des mouchoirs. Les Sauvages tendent en échange de splendides peaux de guanaco, toisons très appréciées des peaussiers, aussitôt happées. L'avidité des pacotilleurs écœure Commerson.

– Jean ! appelle-t-il.

– Oui, Monsieur.

Jeanne prend soin de suivre Philibert à quelques pas : où qu'ils aillent, ils resteront à découvert, car cette portion de terre rocailleuse, à l'horizon paré d'une ligne de falaises ondulées, ne connaît que des broussailles. Mais aussi, ils ne seront pas seuls. Le chevalier du Bouchage et le prince de Nassau se font une joie d'accompagner M. Commerson.

M. de Bougainville s'intéresse de très près à la faune et à la flore. Étrangement, son souci s'apparente plus à celui de Jeanne qu'à celui de Commerson. Il ne consacrera pas des jours et des nuits à identifier, classer une plante ou un animal, mais il s'interroge au premier chef sur leur utilité pour l'homme. Son journal regorge d'observations pratiques.

Aux Malouines, il a ainsi observé une ombellifère dure et ferme, vert pomme, qui tapisse le sol d'énormes coussins gazonneux. Des gouttes de résine de la grosseur d'un pois apparaissent à la surface. En brisant un pied de cette plante, le Capitaine a vu s'écouler un suc laiteux, visqueux, très abondant. Puis un matelot lui a révélé que cette résine soigne les blessures… Sachant que les végétations des îles Malouines et des terres magellaniques présentent des similitudes, il a montré un spécimen à Commerson, et lui a demandé d'en rechercher de semblables. La navigation ardue des derniers jours a en effet gratifié les équipages d'une quantité de contusions. De son côté, Philibert a décrit cette plante à Jeanne, qui à présent marche en avant…

– La voici ! s'écrie-t-elle, le cœur gonflé de gratitude et d'une énorme joie.

Son nez détecte une odeur proche de la térébenthine. Que de malades et de blessés a-t-elle déjà guéris grâce à des résines de conifères, de lierre ou d'euphorbe ! Elle se met aussitôt à la cueillette.

– Substance gommo-résineuse, commente le botaniste.

La matière rougit et durcit à l'air.

– Comment l'utiliser ? s'inquiète le prince de Nassau.

Philibert se tourne vers Jeanne, qui lui lance un regard aussi bref qu'espiègle.

– Rien de compliqué, votre Altesse ! claironne alors Commerson. Même mon assistant s'en débrouille. Jean, explique au prince comment tu t'y prends !

La substance se délaie dans l'alcool. Il est ensuite fort simple de la passer sur une blessure. Jeanne décrit la méthode, mais réserve pour Philibert l'information la plus importante. Un point qu'il ignore, car les scientifiques ne sont pas des soignants. D'après elle, cette résine guérit des maladies internes, ainsi les écoulements vénériens. On aidera les nombreux marins qui ont rapporté des souvenirs amers de Montevideo… Dans ce cas, il faudra délayer la résine dans l'eau, au moyen d'un jaune d'œuf. Par chance, quelques volailles ont survécu aux tempêtes…

Philibert nommera cette plante *Bolax*, d'après un mot grec qui signifie : motte.

Quelques Patagons ont suivi les cueilleurs. Ils ramassent eux aussi la plante gommeuse et tendent leur butin aux navigateurs. L'un s'approche du chevalier du Bouchage, lui montre son œil, congestionné, et par gestes quémande une herbe pour le soigner.

– Un client, M. Commerson ! s'écrie l'enseigne de vaisseau.

« Ceux-là au moins connaissent l'usage des simples », note Jeanne. Le médecin observe l'œil malade, s'avance vers son assistant…

– Tu as une idée ?… murmure-t-il.

Philibert n'a pas prononcé son prénom, mais Jeanne sait qu'il l'a pensé dans le petit silence après la question.

– Voilà, Monsieur, dit-elle de son meilleur ton de valet, en lui présentant des feuilles.

Elle les a cueillies sur une plante qui ressemble fortement à la véronique… « *Hebe magellanica* », la dénomme aussitôt Commerson en son for intérieur. Puis il rejoint son « patient », lui tend les feuilles, reçoit en retour le merci, ainsi que les compliments du chevalier du Bouchage…

On entend des appels : il faut regagner le bateau. Les botanistes surviennent en pleine distribution d'eau-de-vie. Une gorgée par Patagon. Dès qu'ils l'ont avalée, les Sauvages se frappent la gorge de leur main, soufflent un son tremblant qu'ils terminent par un roulement des lèvres – « *bre, bre, bre !* » – aussitôt repris par tous. Pour exprimer la chaleur ressentie en absorbant l'alcool ? C'est l'avis de Fesche, un joyeux volontaire de vingt et un ans embarqué sur *La Boudeuse*. Les officiers s'amusent tant qu'ils auraient poursuivi la distribution si un coucher de soleil bleuté ne les avait rappelés à l'ordre. Les Patagons prennent une mine fâchée en voyant ces messieurs repartir. On leur promet de revenir avec de nombreux présents. Vivès leur montre le soleil, qu'il fait se coucher, puis se lever : demain. Ils semblent comprendre, quémandent du pain, du tabac, de l'eau-de-vie, annoncent en retour de la viande et des peaux de vigogne.

Jeanne se souvient que sa mère apportait du pain de fougère à sa voisine. Elle le troquait contre du sel et de la farine. Chacune avait l'impression de recevoir un cadeau.

Les Patagons accompagnent les navigateurs vers la mer. L'un chante. Certains entrent dans l'eau. Arrivés aux canots, ils saisissent tous les objets qui leur tombent sous la main, mais les rendent de bonne grâce. On a beaucoup de mal à les empêcher d'embarquer. L'un attrape la main de Jeanne. Elle se dégage en le caressant à la mode patagonne. « *Chaoua !* » entonnent les navigateurs.

Et les Sauvages font chorus.

– Y a presque pas de nuit, découvre Jeanne. À peine le crépuscule du soir fini, aussitôt celui du matin commence ! Les nuits n'ont donc pas la même longueur partout dans le monde, et les Patagons n'en connaissent que de petits bouts ?

– Nous sommes en été, s'amuse Philibert. Ils se rattrapent l'hiver. Ils n'ont alors que deux heures de jour !

« C'est mieux chez nous, songe Jeanne. Le jour pour vivre et la nuit pour dormir, gentiment partagé en deux. Chacun a son content. »

Plus de deux cents Sauvages se massent à présent sur la côte. Ils ont allumé de grands feux, construit des huttes, et attendent manifestement le retour des navigateurs. À quatre heures et demie du matin, Bougainville appareille afin de leur porter les présents qu'il a fait préparer. Mais le vent l'empêche d'aborder, et il renonce. La journée passe sans que l'on puisse aller à terre.

Soucieux malgré tout de ne pas dilapider un temps précieux, le Capitaine se résigne alors à partir vers le second goulet. Son regret est vif.

– On aurait contenté les Sauvages à si peu de frais… Même son de cloche sur *L'Étoile* !

– Il est honteux qu'on n'ait pas fait de présents à ces pauvres gens qui ont galopé si longtemps pour nous accueillir, dit Philibert à Jeanne.

– Ils vont penser qu'ils sont les dindons de nos attrapes, s'attriste-t-elle.

Poursuivre, on voudrait bien. Hélas ! une marée contraire défie les vaisseaux, les fait reculer autant qu'avancer. Les bourrasques génèrent un vacarme terrifiant dans les voiles. Les coques craquent. Il ne fait guère plus de sept degrés. Les vêtements ne sèchent jamais, le froid mord la peau. L'imprévu est de règle et les hommes sont à cran. Ils doivent répondre comme un seul aux ordres, et ils le font. À force de bras et d'opiniâtreté, ils finissent par passer le second goulet.

Les deux navires trouvent le 12 décembre un bon mouillage devant l'île Sainte-Élisabeth. Les équipages peuvent alors se reposer et les explorateurs explorer. Vers midi, M. de Bougainville fait mettre le canot de *La Boudeuse* à la mer afin de visiter l'île avec ses officiers. Il souhaite bien sûr la compagnie de son botaniste, et l'indique à La Giraudais par un signal. Celui-ci en avise Pierre Landais, patron du canot de *L'Étoile*, l'officier qui donne tous les ordres concernant cette embarcation.

Le canot emmène Commerson et son valet à bord de *La Boudeuse*. Là, le botaniste constate que Bougainville et les siens ont déjà quitté la frégate !

– Menez-moi sur l'île, demande-t-il alors aux matelots.

En l'absence du patron, ceux-ci refusent, n'ayant reçu aucun ordre de la sorte. Rien ne sert au botaniste de tempêter. Ils restent inflexibles et ramènent sur *L'Étoile* un Commerson fou de rage. La colère lui gonfle les vaisseaux des tempes, et il ne mâche pas ses mots. Mais son flot de jurons n'impressionne pas Landais, qui fait la bête, et s'esquive avec un sourire creux.

« Cet officier est l'un des pacotilleurs les plus effrénés, se souvient Jeanne. Est-ce vengeance de sa part, ou simplement la méchanceté qui lui bout dans les recoins ? » s'interroge-t-elle. Le malaise la gagne lorsqu'elle se rappelle qu'il a fallu confier à cet homme les caisses destinées au Jardin du Roi. Mais elle n'en dit rien. Cela inquiéterait Philibert, et le démangerait ensuite comme un chardon dans sa culotte.

M. de Bougainville s'abstient de demander une explication à La Giraudais et pense consoler Commerson en lui disant que le terrain de l'île ressemble à celui des Malouines. Qu'on y trouve les mêmes plantes, y compris le gommier. « Il se prend pour un botaniste ! songe Commerson encore plus courroucé. Qui sait s'il n'y a pas là-bas, justement, une rareté que seuls des yeux exercés auraient pu découvrir ? »

On poursuit. Jeanne écarquille les yeux devant le paysage de montagnes couronnées d'épaisses coiffes de neiges éternelles. À La Comelle, elle n'a jamais vu guère plus haut qu'un pied de neige, et ça fondait trop vite à son gré en traînées grisâtres.

La navigation pénible accapare les forces. Les journaux de bord s'emplissent d'observations sur la route à tenir, les dangers à éviter, les manœuvres profitables, la longueur des distances, la composition des fonds. Au passage, Bougainville baptise les lieux. Ainsi Baie Duclos, du nom de son capitaine en second. Quant à ce gourmand de François Vivès, malheureux d'avoir vécu de conserves depuis l'entrée dans le détroit, il est surtout sensible à la « production nourricière » de l'endroit : coquillages, crabes, écrevisses d'un goût très délicat, canards et oies sauvages, céleri…

L'eau douce et le bois commencent à manquer.

Quatre jours plus tard, apparaît heureusement la baie… Bougainville, ainsi dénommée lorsque *L'Aigle* vint y chercher du bois pour les Malouines. « La mienne », dit le Capitaine quand il en parle. Un petit paradis ! On va radouber la chaloupe de *La Boudeuse*, on va réparer la voie d'eau de *L'Étoile* qui a repris de plus belle, ce qui a soumis sans cesse les matelots à l'épuisant exercice de la pompe.

Un ruisseau permet l'aménagement de mares pour les lavandiers.

– Hé, qu'est-ce donc, ce machin ? questionne Nicolas, un maigre aux os saillants qui frappe le linge à côté de Jeanne. Jamais rien vu de pareil.

Pourtant sa barbe hirsute commence à grisonner.

– C'est la bande que M. Commerson enroule autour de sa jambe malade.

– Dame ! ce n'est guère commode ! compatit le matelot.

S'il savait ! Jeanne n'en pouvait plus de remettre chaque jour cette bande brune de crasse, souillée de transpiration et d'angoisse. Elle ne peut en changer qu'à condition de la laver, ce qui est impossible dans la chambre. Où l'étendre ? Les oiseaux, poissons et plantes qui sèchent, les jarres pleines de semences, accaparent la moindre parcelle d'espace. C'est bien assez de devoir chaque mois s'ingénier à blanchir ni vu ni connu son linge ensanglanté.

– Et maintenant je dois embarquer ce bois à brûler, là-bas, soupire Nicolas en désignant un gros tas. T'as pas froid, toi ? J'ai les mains et les pieds gelés.

– Faut se remuer. Allez viens, je te donne un coup de main.

– C'est pas de refus. T'es un brave gars, Jeannot.

Jeanne n'a pas vécu des jours aussi difficiles depuis le départ de Rochefort. Il y a le froid intense, sec et coupant, qui bloque la respiration et gèle le sang. Mais aussi le prince de Nassau et le chevalier d'Oraison se sont mis dans la tête d'herboriser avec M. Commerson ! Ces messieurs ne les quittent plus, Philibert et elle. Jeanne doit rester sans arrêt sur ses gardes, ne rien laisser transparaître, supporter le regard voilé d'un Philibert feignant de ne pas la voir, s'abstenir de partager ses observations avec l'homme aimé.

Et ces sentiers qui n'en sont pas ! Impossible de faire deux pas sans devoir escalader des troncs d'arbres abattus. Il faut forcer son chemin à travers les bruyères, le houx, les épines-vinettes. Les surfaces tapissées de mousses et de lichens cèdent traîtreusement sous le pied. Lorsque cela survient, Jeanne doit tirer le meilleur de ses forces pour s'extirper de l'ornière avec son chargement : armes, carnassière, provisions, mains de papier… Mais au sortir de ces bois inextricables, on débouche sur des tapis d'herbe et de fleurs au pied de rochers couverts de neige ! Sa récompense.

– Oh, voyez-moi cette sorte de laurier à écorce blanche ! s'exclame le prince. Quelle odeur suave !

Jeanne a vu l'équipage faire ample provision de cette épice pour corser ses ragoûts.

– *Drymis winteri*, lâche Commerson. Guillaume de Winter l'a découverte en 1587. Il a pénétré le détroit de Magellan, mais ne s'est pas aventuré dans le Pacifique.

L'observation émoustille le cœur de ces messieurs. Les explorateurs européens qui ont traversé l'océan Pacifique se comptent encore sur les doigts d'une main. Ils en seront. En attendant, le froid est si vif qu'ils s'arrêtent à peine. Il arrive que des glaçons s'accrochent à leurs sourcils. Que serait-ce sans les peaux de vigogne et de guanaco, troquées avec les Sauvages ?

– J'en ai donné une à mon valet, claironne Commerson pour éviter tout commentaire. Sinon il se transformait en bloc de glace, et qui sait quand il aurait dégelé !

Le prince s'émerveille à la vue de corolles couleur de feu[1]. Puis une découverte le comble, celle d'une fleur au parfum plus agréable, dit-il, que celui de l'héliotrope du Pérou. La joie lui gonfle le cœur lorsque Commerson baptise cette plante *Nassauve*.

Il arrive que M. de Bougainville se joigne à eux. Jeanne sent un jour sur elle l'œil observateur du Capitaine, surprend ensuite dans un bois sa conversation avec Nassau.

– Curieux bout d'homme, avec ses fesses larges ! déclare-t-il en parlant d'elle. Si attentif pour son maître, si costaud et de si bonne volonté !

– Imaginez-vous que M. Commerson l'appelle sa « bête de somme » ! commente Nassau.

Et tous deux de s'esclaffer.

La trouvaille vient en effet de Philibert, qui s'ingénie sans cesse à donner le change.

1. Cette plante prendra le nom de *fuchsia magellanica*.

Rafales, pluie, neige et grêle le 24 décembre. Un vrai temps de Noël. La nuit, les vents font le tour du compas. Une amélioration survient le 27, et Bougainville décide d'explorer la Terre de Feu. Les moyens de transport seront la chaloupe de *La Boudeuse* et le canot de *L'Étoile*. Une fois encore, Pierre Landais refuse d'embarquer Commerson ! L'officier aurait accepté le botaniste sans son valet… Ce que refuse le botaniste : il ne veut pas prendre le risque de laisser Jeanne seule à bord. Qu'il lui arrive un accident, Vivès en la soignant découvrirait la supercherie ! Le regard de Landais lui est alors si pénible – ce regard qui se moque : « M. Commerson ne peut donc pas faire deux pas sans son valet ! » – qu'il entre dans une rage phénoménale et, malgré lui, laisse échapper des paroles odieuses. D'autant plus qu'un rhumatisme goutteux est venu aggraver ses misères physiques.

Le lendemain voit se dérouler un épisode qui restera secret jusqu'à la parution des *Mémoires* de François Vivès… Le chirurgien part à la chasse avec l'officier Lafontaine. Un mousse les accompagne, portant les provisions et une casserole pour faire cuire les moules qu'on est sûr de pêcher. À l'heure du repas, ils s'arrêtent dans une anse proche des vaisseaux, hors de leur vue toutefois, et ramassent du petit bois pour le feu. Mais la flamme ne prend pas. Peut-être le bois est-il humide. Ou le sable. Vivès alors se rapproche de la forêt, et amasse des rameaux bien secs sur une motte de terre. À peine a-t-il craqué l'allumette qu'un vent du large attise le feu, et le propage dans un bosquet de drymis. Les arbres s'embrasent avec des craquements terribles. Les trois hommes consternés courent après les flammes comme s'ils pouvaient les arrêter. Une fumée épaisse s'envole vers les vaisseaux, où des cris retentissent :

– Alerte ! Les Sauvages veulent nous faire brûler.

Heureusement, le vent tourne et le feu dépérit après avoir décimé une lieue de bois. L'envie de dîner ayant passé, les trois larrons se pressent de regagner la flûte. Motus et bouche cousue : on ne se vante pas de l'exploit ! Personne ne se doutera de l'origine de l'incendie, mais Vivès a eu chaud : *L'Étoile* a failli appareiller en catastrophe. « Ce qui nous aurait rendus patriotes des Sauvages », écrira-t-il.

Maintenant que *L'Étoile* est radoubée, il faut poursuivre sans délai. Le 31 décembre, les bateaux mouillent dans une baie de gros gravier, sable et corail, à Port Galant. Un si joli nom. Ah, que Jeanne et Philibert auraient aimé vivre en instants galants, blottis sous la couverture, les dernières minutes de l'année 1767 ! Ils en ont un désir exacerbé. Mais le tenter pourrait signer leur perte.

Quant à Bougainville, il fait son bilan : le voyage fut âpre, mais rien n'est trop cher payé pour asseoir la suprématie de la France. Jusqu'à la fin de sa vie, le Capitaine se souviendra de son émotion en foulant la pointe la plus méridionale de l'Amérique. Au-dessous du cap se trouvait une petite extrémité de roches, où quatre personnes tenaient à peine. Le Capitaine arbora le pavillon du bateau sur cette pointe qui limitait le vaste continent, et les lieux sauvages retentirent pour la première fois de plusieurs cris de « Vive le Roi ! Vive le Roi ! Vive le Roi ! ». Quel autre monarque peut se vanter de pareille conquête ?

13

Port Galant
2 janvier 1768

Certes aucun autre monarque européen ne peut se vanter d'avoir battu pavillon à la pointe extrême de l'Amérique, mais hélas, Sa Majesté britannique a envoyé deux navigateurs autour du globe, Wallis sur le *Dolphin*, et Carteret sur le *Swallow* ! Eux-mêmes au départ ignoraient le but de leur voyage, un secret mieux gardé qu'en France. Partis de Plymouth en août 1766, ils ont une belle avance sur Bougainville… Qui ne se doute de rien et avance avec la sérénité d'un conquistador !

Bougainville et Nassau se promènent le long de la mer sous les flocons de neige en commentant l'état de santé du chevalier d'Oraison – il a la veille taché la neige d'un crachement de sang ! – lorsqu'ils tombent sur du bois fraîchement scié avec des outils d'Europe ! Et quelques bouts de filin ! Puis voici des drymis dépouillés de leur écorce ! Et là, attachée à un arbre, une étiquette en bois portant l'inscription : « *Chatham march 1766* » ! Puis une seconde, la pire : « *LB 1767* » !

Ces indices et d'autres prouvent que des bâtiments anglais ont mouillé dans cette baie avant de passer dans la mer du Sud. Il y a moins d'un an quant au dernier.

Pour le Capitaine, c'est un coup d'assommoir. Un nœud lui serre la gorge lorsqu'il reprend ses esprits.

– À Montevideo, dit alors Nassau, j'eus l'occasion de bavarder avec le commandant d'un navire espagnol arrivé en septembre. Il avait croisé deux vaisseaux anglais vingt-cinq jours plus tôt. Comme il demandait où ils allaient, la réponse fut : « Aux îles Bacayen. »

– Ces îles n'existent pas, affirme Bougainville. Ils cachaient donc leur destination. Ne songeraient-ils pas à fonder un établissement sur la côte du Chili ?...

Une hypothèse dont il aimerait être assuré. Ce serait un moindre mal. Pourvu que les Anglais n'aient pas le même objectif que le sien et ne découvrent pas, *avant lui*, les terres qu'il se propose d'explorer, ces terres d'où il pense rapporter la muscade et la cannelle ! Ainsi que M. Poivre le lui a secrètement demandé.

Inquiétude et malaise s'emparent du Capitaine. Le seul remède serait d'avancer. Mais pluie, neige et grêle se déchaînent. Dire qu'on est en plein été !

– Le plus affreux climat de l'univers, peste Bougainville.

À l'égal de nombreux marins et officiers, il souffre d'un mal de gorge violent. Jeanne accommode à tour de bras la résine de bolax en gargarismes et cataplasmes.

Elle-même tousse, ce qui martyrise sa poitrine bandée. La douleur est telle qu'elle tente de réfréner la toux, s'étouffe, et se cache afin que personne, pas même Philibert, n'aperçoive ses larmes !

Le lendemain matin, quatre pirogues apparaissent, et chacun se précipite sur le pont pour observer ces nouveaux Sauvages. Ils sont une douzaine de personnes. Des femmes portent un enfant accroché à leur cou. L'une donne le sein à un nourrisson goulu.

– Ce sont elles qui pagaient ! observe Jeanne. Et les hommes…

Horreur, sa voix aiguë lui a échappé sous l'effet de la surprise ! Évitant de regarder alentour, elle se racle la gorge et jette un crachat viril dans la mer. Chacun est heureusement occupé à examiner ces Sauvages rougeâtres, qui s'approchent tout craintifs.

– … et les hommes, reprend-elle une octave plus bas, ils se laissent tirer comme des coqs en pâte.

– Le paradis ! s'exclame un matelot. Dis donc, Jeannot, pourquoi qu'on ferait pas notre vie chez eux ?

– Pourquoi pas ? répond Jeanne en carrant les épaules.

De longs cheveux plats leur retombent sur les yeux tels des poils de bêtes.

– Qu'ils sont laids ! critique Vivès, sa longue-vue à l'œil. Mal formés. Dégénérés.

– Les femmes sont encore plus laides, jette Caro. Mais plus robustes. Cela n'est pas sans avantages.

– Le grison qui porte un bonnet en aile d'oiseau doit être le chef, signale Commerson. Ils sont vêtus de loup marin[1].

Ce sont de courtes peaux, loin de les envelopper.

Les hommes montent à bord de la flûte, laissant femmes et filles dans les pirogues.

– *Pêcherais, Pêcherais*, annoncent-ils en se désignant.

Sans s'intéresser aux places qu'on leur désigne sur les bancs, ils sautent sur la table et s'y accroupissent.

1. Phoque.

– Il y en a un qui pisse ! s'offusque un mousse.

On leur offre du biscuit et des salaisons. Ils en dévorent une grande part et enferment le reste dans des sacs en peaux. Des chandelles et de l'huile de lampe leur paraissent composer un agréable dessert. On propose enfin un verre d'eau-de-vie à chacun.

– *Oua-oua*, crient-ils en sautant et se frappant la poitrine jusqu'à ce que l'effet de l'alcool disparaisse.

Le chef tient une poche emplie de poudre blanche – du talc, reconnaît Jeanne – et en frotte chaque objet qui passe à sa portée : les feuilles d'un livre, un échiquier.

– Sans doute un geste superstitieux pour se mettre à l'abri des mauvaises influences, déclare Commerson.

Un matelot tend un miroir aux visiteurs. Ils s'y contemplent puis regardent derrière, à la recherche du personnage qu'ils ont aperçu dedans. L'équipage se tape sur les cuisses. On leur joue ensuite du violon, et les voilà qui se trémoussent en cadence.

– Quelles grimaces horribles ! commente Vivès quand ils s'en vont au bout d'une heure. Quelle odeur puante ! Et ces singeries ridicules ! Vous avez vu le chef, comme il était satisfait de son aile d'oie en éventail autour du front ?

« Pas plus laid qu'une perruque, songe Jeanne. Et cette odeur, c'est pas pour dire, mais il en flotte d'aussi puantes sur notre beau vaisseau. »

Partira-t-on le lendemain ? Hélas non ! « Continuation du plus mauvais temps du monde », note Bougainville. On ira donc visiter les Pêcherais.

Jeanne est curieuse d'approcher les femmes. La longue-vue de Philibert lui a laissé observer qu'elles effectuent tous les travaux pénibles. Une condition voisine de la sienne ! Elles pagaient et mènent les pirogues. Elles préparent à manger sur le sol. Elles érigent les huttes de branchages. Elles seules pêchent les coquillages, qu'elles récoltent en plongeant malgré la rigueur du froid. Aucun homme ne se met à l'eau.

Or, voyant les Blancs s'approcher, les Sauvages poussent femmes et filles dans la forêt. Histoire de bien montrer qu'il ne faut pas toucher à la propriété des maîtres. Ils offrent des moules et des oursins cuits sur des braises. Mal cuits, presque crus. Cependant les matelots sont à la fête, se répartissent dans les cabanes, chantent et dansent de tout leur cœur avec les indigènes.

Le 9 janvier, voici les Pêcherais de retour sur *L'Étoile.*

– Ils plient les genoux et resserrent les épaules comme des gens qui ont froid, observe Jeanne. Ne sont-ils pas habitués au climat ? Dame, qu'est-ce que ça doit être en hiver ! Un concert de claquements de dents.

Voilà un sort que Jeanne n'envie pas : ils vont nus dans la neige d'un bout à l'autre de l'année. C'est à peine si une peau d'oiseau cache le pubis des femmes. Jeanne rit sous cape : aucune ne pourrait se travestir en homme !

Philibert dit que ce sont les gens les plus miséreux de la Terre.

Un garçon d'une douzaine d'années attire les regards des officiers. Jolie figure, beaux yeux, air spirituel, démarche alerte et libre. On l'habille d'un gilet à la française. On lui offre ainsi qu'aux aînés des fragments de miroir, et tous repartent très satisfaits. Mais bientôt retentissent des cris effrayants, venant de la côte. Des messieurs des deux navires montent aussitôt dans les canots. À terre, ils trouvent dans une cabane le garçon pleurant et criant, la bouche ensanglantée. Il rend du sang caillé. Sa mère le prend dans ses bras tandis que le père lui suce la bouche, lui presse le ventre, lui fait boire de l'eau. Deux chefs coiffés d'un éventail de plumes se mettent à chanter un air triste. Ils pressent le corps de l'enfant et l'aspergent de leur poudre blanche. Soudain, lui arrachent le gilet, qu'ils estiment porteur de mauvais sort. Le père en colère veut le rendre aux navigateurs et, comme aucun ne s'en saisit, il le jette par la porte.

– Monsieur, souffle Jeanne à son amant, je me demande si le garçon n'a pas avalé des bouts de miroir.

Le père extirpe en effet un débris de la bouche du garçon. Vivès lui montre que c'est coupant. Les Européens consternés voient alors plusieurs Sauvages cracher du verre. Ayant l'habitude de s'enfoncer des morceaux de talc dans la gorge et les narines, ils ont agi de même avec les beaux éclats brillants rapportés du vaisseau.

L'un des chefs étend l'enfant sur le dos, se met à lui presser le ventre de toutes ses forces en poussant des sons inarticulés. De temps en temps il se lève et, comme s'il tenait le mal dans ses mains jointes, les ouvre en soufflant pour le chasser. Le père ramasse tristement le gilet innocenté.

Il est tard. On songe à rembarquer. Craignant que l'enfant ne trépasse, l'aumônier de *La Boudeuse* le baptise, tandis que Fesche retourne à bord pour prévenir M. de Bougainville. Le Capitaine arrive avec son chirurgien, du lait et une tisane de miel. Ils veulent faire absorber le lait au garçon, mais les indigènes les repoussent avec vigueur.

– Ils croient que c'est du poison, souffle Jeanne. Il faut en goûter devant eux.

Commerson s'y emploie, et Vivès explique par gestes que le liquide blanc provient d'un… sein de femme ! Le père prend alors la tasse des mains de

M. de Bougainville et, malgré les protestations des chefs enroués à force de crier, fait boire le malade. Celui-ci vomit, semble ensuite souffrir moins. On explique au père qu'il faut chauffer la tisane, et on repart en laissant la théière, avec le conseil de laisser dormir le garçon.

– M'étonnerait qu'il passe la nuit, dit à Philibert Jeanne révoltée.

– Le malheur des pauvres Sauvages qui périssent par notre faute est inévitable, mon Jeanneton. C'est le prix à payer pour étendre le commerce et les connaissances humaines.

– Peut-être bien, mais c'est trop injuste. Ils n'ont rien fait de mal.

Vers deux heures du matin, on entend des hurlements répétés. Le nouveau chrétien a expiré. Les Sauvages appareillent à la pointe du jour malgré le temps désastreux. Seule reste sur place une pirogue endommagée.

– Ils fuient un lieu que la mort a souillé, ils fuient des étrangers funestes qu'ils croient n'être venus que pour leur destruction, déplore Bougainville infiniment triste. Ils emportent de nous une idée d'êtres malfaisants, et cependant, Dieu m'est témoin de nos intentions humaines pour ces individus. Mais je leur pardonne l'humeur dans cette circonstance. Quelle perte pour un peuple aussi peu nombreux qu'un adolescent échappé à tous les hasards de l'enfance !

Le Capitaine aimerait de même fuir l'endroit fatal. Or, le mauvais temps sévit si fort qu'il doit se résigner un matin après l'autre à ne pas quitter Port Galant. C'est à chaque fois un petit coup de poignard. Il ne peut s'empêcher de penser aux explorateurs anglais qui filent sur les mers du Sud.

Vivès, lui, déplore sans cesse la perte des bestiaux dans l'Atlantique, se plaint de faire mauvaise chère depuis trop longtemps. Quant au botaniste et son valet, ils poursuivent leur collecte malgré les intempéries, passent envers et contre tout des journées entières dans les bois ou au bord de la mer. Pluie, neige, glace… Un froid de diable !

– Aucune femme n'est capable de faire ce que fait ce valet, conclut Caro qui a continué à nourrir quelques soupçons sur la féminité possible du domestique. Y a pas de doute, elle crèverait.

Au soir, la fatigue des amants est telle qu'ils se demandent s'ils se relèveront le lendemain. Le matin revenu, chacun puise sa force dans le regard de l'autre. Aussi quel soulagement lorsque, le 16 janvier, M. de Bougainville ordonne d'appareiller !

L'Étoile part en premier, va son petit bonhomme de chemin. Or, survient une marée contraire qui met *La Boudeuse* en difficulté. L'angoisse est à son comble sur le pont de la flûte.

– Elle s'approche trop près de la côte !

– C'est pour être abritée par les montagnes.

– Elle ne parvient pas à virer ! Ça fait trois fois qu'elle rate !

– Elle va se fracasser sur les rochers !

– Elle a jeté l'ancre ! Quelle folie !

– Retournons, il faut la secourir. Elle ne pourra jamais s'en sortir seule !

Par malheur, surgissent des tourbillons de mer aussi hauts que le plus haut des mâts. Vivès et Commerson, sur le pont, doivent se tenir des deux mains à un cordage pour garder leur équilibre. Puis renoncent. Le chirurgien entrevoit le pire. Que *La Boudeuse* fasse naufrage, et il faudra faire demi-tour dans les glaces du détroit, gagner le Rio de la Plata et, de là, l'Europe ! Abandonner la mission à laquelle on s'est donné corps et âme…

La mer heureusement se calme un peu. *L'Étoile* se risque alors à envoyer son canot et sa chaloupe. Longue-vue à l'œil, on discerne comment Duclos-Guyot coupe le câble de l'ancre, comment les deux petites embarcations réussissent enfin à touer[1] le gros navire… Mais les conditions de navigation sont si mauvaises que Bougainville ordonne de regagner Port Galant.

Ne quitte pas qui veut le détroit de Magellan.

« En resterons-nous prisonniers toute notre vie ? » s'interroge dans la chambre Jeanne qui se bat avec un couple de rats.

Rien de tel que semences fraîches, oiseaux et poissons qui sèchent pour les attirer. Les deux navires sont infestés de rongeurs. Ils consomment autant qu'un cinquième de l'équipage. Cela tombe mal, car le froid d'ici aiguise la fringale. Il faut veiller à ne jamais descendre à terre sans biscuit. Plusieurs matelots se sont évanouis, comme foudroyés. Chacun reçoit le double de sa ration ordinaire.

Seuls les hommes nécessaires aux manœuvres résistent sur le pont battu par les rafales. Le reste de l'équipage se tasse dans l'entrepont. « Et pourtant, songe Jeanne qui profite d'une éclaircie pour regarder la côte, les arbustes et les plantes sont en fleurs… C'est le monde à l'envers. »

Quant à Philibert, il comprend mieux, maintenant, pourquoi les hommes embarqués sur *L'Étoile* sont aussi mal dégrossis. Dans cette entreprise aventureuse, il ne

1. Haler.

suffit pas d'avoir de bons officiers et de bons marins, il faut disposer de gens habitués à braver la fureur des éléments, capables d'accepter leur mission car ils ont déjà dix ou vingt fois bravé la mort. Comment de tels individus, élevés dans l'ignorance, ne connaissant que les pontons ou les barques de pêcheur, ne seraient-ils pas des brutes ? Cette brutalité fait leur force.

Neuf autres jours s'écoulent. Épuisants pour Jeanne qui tombe souvent à terre, et peine à se relever. Tiendra-t-elle ? Elle ne rêve que de se chauffer au soleil.

Le 25 janvier, Bougainville décide de se lancer.

– Quel coup d'œil hideux ! geint Vivès avec une horrible grimace, après qu'ils ont atteint le cap Quad et qu'ils pénètrent la partie nommée « Désolation du Sud ». On dirait le chemin vers l'enfer.

Les côtes présentent d'énormes entassements gris de roches pelées sur fond de montagnes aux crêtes aiguës et dentelées comme des scies. À en avoir le vertige. Seule l'eau-de-vie parvient à réchauffer l'âme, et La Giraudais en double la distribution.

Le lendemain, au bout de cinquante-quatre jours et cent quatorze lieues, on débouque dans l'océan Pacifique. La joie d'être sorti de la souricière est si forte que l'équipage entonne un *Te Deum* en action de grâces, que plus d'un loup de mer laisse échapper une larme.

Les dangers sont écartés. On va désormais voguer au large dans cet océan dont le doux nom promet une navigation pacifique, une faune et une flore magnifiques…

14

Océan Pacifique
27 janvier 1768

Or, cet océan n'a de pacifique que le nom. Magellan l'a baptisé ainsi pour l'avoir traversé sans rencontrer aucune tempête. Bougainville et ses équipages n'auront pas cette grâce.

Le Capitaine cherche des terres. D'abord celle repérée en 1686 par un flibustier anglais, puis une île aux statues monumentales que le Hollandais Rogewin aborda au jour de Pâques 1722, ensuite la fameuse *Terra Australis Incognita* découverte en 1595 par Quiros, un Portugais au service de la Couronne espagnole. Afin de balayer la zone au mieux, les commandants conviennent de naviguer à distance l'un de l'autre tout en restant à portée de vue, et de se rejoindre le soir.

Dès les premières heures, il faut lutter contre une mer d'une violence telle qu'une vague emporte le 30 janvier un marin de *La Boudeuse*. Lorsqu'il disparaît dans l'écume, *L'Étoile* entend le coup de canon, comprend d'après la disposition codée des pavillons qu'un homme est tombé à la mer, et se porte aussitôt dans les eaux de la frégate.

Sur le pont de la flûte, Commerson a presque terminé le croquis d'un marsouin blanc à museau pointu, rayé de brun sur le dos, qui s'amuse à suivre le vaisseau, et il ne veut pas le lâcher des yeux.

– Prends la longue-vue, Jeannot ! Dis-moi ce qui se passe.

Tonneliers, charpentiers, canonniers s'attroupent près du valet aux aguets.

– Ils jettent une cage à poules, M'sieur !... Et maintenant ils jettent carrément un banc, M'sieur ! C'est mieux pour s'accrocher. Avec un habillement d'hiver et des bottes, et ce vent, et cette grosse mer, ça doit être rudement dur...

Jeanne prie de tout son cœur pour le salut du marin. Hélas ! le banc et la cage sautent et s'entrechoquent au gré des vagues sans qu'aucune main ne cherche à les happer. La mer sorcière a avalé l'homme qui s'était voué à la dompter.

– J'y avais pas pensé, mais la mer, c'est un cimetière de marins...

Émue par le destin du naufragé, le chagrin probable d'une femme et d'enfants, et parmi eux peut-être un nourrisson dont le père n'aura pas su si c'est une fille ou un garçon, Jeanne a failli oublier le respect dû en public au maître.

– ... M'sieur, se rattrape-t-elle.

Cependant, malgré l'accident, l'appétit de Jeanne à découvrir des mondes neufs s'avère toujours plus vivace. Plus elle avance, plus elle est avide des vies d'ailleurs. Des vies si folles qu'elle n'a jamais pu les imaginer.

Mais les jours s'additionnent, uniformes. Avec les ventres de la mer pour seul horizon.

Heureusement quelques bons poissons, grandes oreilles et bonites, améliorent l'ordinaire, donc l'humeur de Vivès. Même si la sagesse commande de diminuer les rations d'eau douce.

– Caro soutient que les cartes sont fausses, peste le chirurgien un soir d'orage et de tonnerre. Il a sûrement raison. Alors comment savoir où on va trouver des terres ? Nous naviguons le bandeau sur les yeux !

Le 17 février, Bougainville se résout à abandonner la recherche de la terre repérée par le flibustier anglais. Son cœur est amer.

– Ça valait bien la peine ! murmure Jeanne de son côté. Mais qui risque rien n'a rien ! S'il est pas tombé dessus, c'est la faute à la mauvaise chance.

Il lui plaît d'excuser cet homme qu'elle sent profondément bon sous sa cuirasse militaire.

La pluie inonde le pont, et Jeanne a dû mettre les poissons à sécher dans la chambre, transformée en débarras puant. Elle les surveille car les rats, qui pullulent, pourraient leur faire l'honneur d'une visite. On en attrape près de dix par jour sur chaque navire. Les capitaines font donner trois sols par animal.

Pullulent également les maux de gorge, souvenirs du détroit de Magellan. Ils sont guéris début mars. Mais voici qu'un cas de scorbut apparaît. Pas étonnant, avec la pluie continuelle. L'humidité favorise cette maladie. Et il faut impérativement de l'eau douce pour la soigner.

M. de Bougainville se souvient alors de la cucurbite de M. Poissonnier. M. Commerson n'est-il pas chargé avant tout de surveiller son fonctionnement ? Il est temps de mettre l'appareil en marche : le Capitaine appelle le médecin à bord de *La Boudeuse*, et assiste à la mise en route.

Le naturaliste remplit d'eau de mer l'alambic placé sur une chaudière bourrée de charbon de bois, met le feu et, soudain, c'est l'explosion !

L'ébullition a fait sauter le couvercle. Est-ce dû à une faiblesse de l'appareil ? Ou l'opérateur s'y est-il pris de travers ?

On recommence le lendemain à quatre heures du soir. Non sans appréhension, mais avec succès cette fois. L'eau s'évapore doucement. Les vapeurs condensées s'écoulent dans un réservoir : c'est l'eau distillée. Victoire !

– Elle est absolument pure, Monsieur, reconnaît Commerson.

Une masse de résidus tapisse le fond de la cucurbite.

Enchanté de pouvoir complimenter le quasi-sous-ministre qu'est M. Poissonnier, Bougainville ordonne d'utiliser l'eau dessalée pour la soupe, la cuisson de la viande et des légumes. L'ustensile fournira une barrique par nuit. Cela permettra de ménager l'eau douce, et de mieux soigner les scorbutiques.

– Et sur *L'Étoile* ? interroge Jeanne après avoir entendu Philibert lui narrer l'expérience.

Pas de cucurbite pour *L'Étoile*.

– Alors c'est le retour en France qui dira si cet appareil est vraiment utile. Suffira de compter les morts sur chaque vaisseau, et on verra s'il y en a moins sur *La Boudeuse*.

Philibert sourit en lui-même, attendri par la logique parfaite de Jeanne. Ils espèrent bien tous deux ne pas se laisser piéger par le scorbut. Jeanne a emporté une profusion de bourgeons de sapin, a fait ample provision de baies d'épine-vinette dans le détroit de Magellan. Et où qu'ils soient, c'est sûr, elle trouvera des plantes de guérison. Encore faut-il qu'ils aient abordé une terre.

Dans combien de temps ?

Le 21 mars, des hourras saluent la pêche d'un gros thon. Commerson assiste au dépeçage, et découvre dans l'estomac de la bête, non digérés, de petits poissons dont les espèces ne s'éloignent jamais des côtes. Un indice du voisinage de terres !

Quatre îlots et une île à peine plus grande apparaissent en effet le lendemain matin. Les officiers endossent « en cas de Sauvages » leurs nouvelles cuirasses de cuir ; le sellier de *La Boudeuse* les a confectionnées la semaine passée car celles de fer pèsent trop lourd pour les pays chauds. Commerson y a eu droit, mais pas son valet. Jeanne envisage d'utiliser la cuirasse de fer de Philibert. Mieux vaut une bonne suée qu'une blessure de flèche empoisonnée. Ses seins supporteront-ils un surcroît de torture ? Certains jours ils la font tellement souffrir qu'elle aimerait pouvoir les arracher à la façon de dents pourries.

La petite île[1], bordée d'une plage de sable fin, est toute boisée. Des oiseaux volettent par dizaines. Paysage de rêve.

– Des palmiers ! Des cocotiers ! Des citronniers ! s'émerveillent les uns et les autres, se bousculant à la lunette.

Ils pourront chercher du bois, des fruits, de l'eau peut-être ! Mais une grosse lame bat et rebat la côte parsemée de brisants. Impossible d'aborder. Les chaloupes se briseraient sur les écueils et les hommes périraient.

1. Actuelle Akiaki, un atoll de corail situé à l'est de l'archipel des Tuamotu, dénommé « Île des Lanciers » par Bougainville.

On contourne l'île. Mais ni anse ni crique. Aucun point d'accueil sur tout le pourtour…

Il faut renoncer. Quelle déception !

On va faire route lorsque trois individus sortent du bois.

– Ils sont tout nus, s'étrangle Jeanne.

Une île aussi petite peut donc être habitée ? Bougainville ordonne de mettre en panne. On saura plus tard qu'il prend ces gens pour des naufragés européens et tient à leur porter secours… Quinze à vingt hommes apparaissent soudain. Ils sont de couleur bronzée, armés de longues piques. Et voici qu'ils viennent les brandir face aux vaisseaux, s'agitant en gestes menaçants ! On s'éloigne au plus vite avec force regrets.

– Qui diable a été mettre des gens sur un petit banc de sable pareil ? interroge Caro en rongeant ses ongles et ruminant son dépit. Vous avez une idée, M. Commerson ?

Le naturaliste n'entend pas, occupé à surveiller la pêche d'un somptueux poisson[1]. La queue brille d'un or éclatant. Des nuances d'argent éclairent la gorge et la poitrine. Le dos présente des taches bleu céleste enserrées dans l'or comme des saphirs. À peine les marins l'ont-ils attrapé qu'ils l'attachent à une corde et le suspendent à la proue du vaisseau, de sorte qu'il paraît nager. Et arrive ce qu'ils espéraient : d'autres apparaissent. Il ne leur reste plus qu'à les attraper avec la fouine[2] !

Et la beauté n'est pas le seul apanage du poisson des mers chaudes.

1. Il le nommera *Chrysurus*, qui signifie : queue d'or.
2. Peigne de fer attaché à un long manche.

– Le meilleur que j'aie jamais mangé, complimente Vivès, la bouche pleine. Dommage que nous n'ayons ni beurre ni câpres !

Et là-dessus de regretter amèrement l'île des Lanciers où sa longue-vue lui dévoila de superbes fruits de cocotiers.

– Mauvais pays, dangereux archipels ! déplore trois jours plus tard Bougainville.

Il n'en finit pas de ruser dans un labyrinthe d'îlots de faible altitude et de récifs à fleur d'eau[1].

Impossible d'accoster nulle part.

En conséquence, c'est sur le pont de *La Boudeuse* que le Capitaine dresse le premier acte de prise de possession de son voyage… « Nous avons découvert et reconnu dix îles basses et presque noyées… Nous avons nommé cet archipel l'Archipel dangereux, et nous en avons pris possession pour Sa Majesté avec les formalités requises, […] l'avons fait signer par les États-majors et principaux officiers mariniers des deux vaisseaux qui sont à nos ordres. »

« Il prend l'archipel alors qu'il est même pas monté dessus, songe Jeanne, perplexe. Les hautes personnalités auraient-elles pour habitude de s'autoriser des légèretés ? »

Mais elle ne s'attarde pas à ces considérations, soucieuse de recenser ses provisions d'herbes. Le scorbut se propage. Orages, grains et déluges se sont succédé, trempant sans fin les vêtements des matelots. Ils les gardent pour la nuit, n'en ayant point de rechange. Deux hommes sont atteints sur *La Boudeuse*, deux autres sur *L'Étoile*. Leurs gencives pourrissent, leurs

1. Archipel des Tuamotu.

cheveux tombent. L'un pisse du sang. Des ulcères leur dévorent la bouche. Des œdèmes déforment leurs articulations. Et c'est une maladie très contagieuse !

Les jours suivants, Vivès bougonne du matin au soir. Plus la moindre bonite depuis l'Archipel dangereux ! La chair du seul poisson rencontré, le diable de mer, empoisonnerait les humains. Il confie à son journal une description haineuse de l'animal. Or, la forme et les culbutes du poisson enchantent Commerson. Et plus le naturaliste s'enthousiasme, plus le chirurgien enrage.

Leurs sentiments sont cependant à l'unisson le 2 avril, lorsque le vingtième cas de scorbut se déclare sur le navire et que l'équipage semble avoir perdu force et courage. Comment pourrait-il en être autrement pour ces hommes qui depuis quatre mois, depuis le détroit de Magellan, vivent de salaisons, d'eau puante et pourrie, de biscuit empreint d'urine de rat, et ne reçoivent qu'une ration d'eau-de-vie par jour ?

Jeanne prépare quantité d'infusions, de décoctions et de sirops que Philibert administre doctement, mais ses provisions de baies, racines et feuilles baissent à grande vitesse. Certaines plantes manquent déjà. Et toujours les ventres de la mer pour seul horizon…

15

Taïti[1]
3 avril 1768

Ô joie, l'horizon jusque-là décourageant laisse en ce dimanche de Pâques émerger une île ! Elle semble vaste et très haute. Cela se vérifie le lendemain, alors qu'on cingle à toute voile vers la côte qui s'élève en amphithéâtre. « D'où nous sommes, songe Bougainville sur *La Boudeuse*, on dirait une pyramide d'une hauteur immense que la main d'un décorateur habile a parée de guirlandes de feuillages. »

Jeanne aussi s'émeut du spectacle grandiose. Un soleil radieux s'élance de l'océan pour éclairer des pics montagneux qui tranchent sur le bleu sombre du ciel. L'écume des vagues scintille comme de l'argent liquide. Une végétation exubérante, dominée par les cimes immobiles de cocotiers, étend sa nappe émeraude depuis la base des montagnes jusqu'à la plage. Vite qu'on jette l'ancre ! Vite qu'on descende à terre ! Hélas, ce ne sera pas aisé, si l'on en croit Caro qui maugrée :

1. L'orthographe « Tahiti » n'est entrée en usage qu'au XIXe siècle.

– La vue de cette terre est charmante, mais trouver un mouillage ici, c'est une autre paire de manches ! Pourvu que ne se reproduise pas la mésaventure de l'île des Lanciers !

Philibert et Jeanne ne peuvent s'arracher du pont.

En début d'après-midi, ils voient approcher une petite pirogue conduite par deux pagayeurs. Qui s'arrêtent, examinent le vaisseau. Cheveux noirs et crépus, dents blanches, couleur mulâtre ou rougeâtre, aspect vigoureux. Survient une autre pirogue, chargée d'un homme et de deux enfants presque blancs. Deux heures plus tard, la mer est jonchée de pirogues. Elles transportent de souriants indigènes vêtus d'un pagne, qui tiennent une branche de bananier à la main. Un signe d'amitié sans doute. Pas d'armes en vue. Ils ont apporté un régime de bananes, des cocos, un cochon de lait, des poules, des fruits en forme de grosses poires…

– … fruits de l'arbre à pain, reconnaît Commerson, qui comprend à leurs signes : ils demandent des femmes en échange !

Et tous de s'esclaffer, Jeanne la première. Qui prend soin, mains dans les poches, d'envoyer un crachat viril dans la mer, puis d'allumer sa pipe. À défaut de femmes, on envoie des mouchoirs, des bonnets de laine et des couteaux dans des paniers retenus par une corde. Le troc va bon train lorsque se présente un équipage de deux pirogues amarrées par le côté, conduites par dix esclaves. Elles transportent un jeune couple de belle prestance, chacun dans sa pirogue.

– Ils ont d'abord voulu gagner la frégate, mais elle marchait trop vite, alors ils se sont rabattus sur nous, a distingué Jeanne.

La jeune fille subjugue Vivès, qui la juge très bien faite. Elle est nue à l'exception de deux tissus blancs, l'un façonné en pain de sucre autour de la tête et l'autre lui entourant la taille.

– Aussi blanche qu'une Européenne ! murmure-t-il. Comment un peuple si charmant peut-il être si éloigné d'Europe et avoir la peau si claire ?

– Et là-bas, ajoute Caro ébaubi, il y en a deux qui sont vraiment blanches ! Même un peu plus blanches que les hommes les plus blancs !

– Et les deux sexes ont les fesses peintes d'une couleur bleuâtre depuis la ceinture de culotte jusqu'à moitié cuisses ! glousse Vivès.

Plusieurs pagnes de coton blanc font au beau jeune homme une sorte de longue chemise sans manches, ouverte sur les côtés. Selon son désir, on lui jette une amarre. Il s'accroche aux haubans du navire, accoste en souplesse, fait transborder ses présents, et renvoie ses pirogues avec la demoiselle. Au grand regret de Vivès.

– *Tayo*, dit-il en tendant sa branche de bananier à un officier proche, Lafontaine, qui lui présente le capitaine La Giraudais.

La conversation s'engage tant bien que mal. Cette île semble se nommer Taïti. Le Taïtien demande aux navigateurs s'ils sont enfants du soleil, et ceux-ci acquiescent… Il se lance alors dans un tour du vaisseau, manifestant une curiosité sans borne ! Vers six heures, le capitaine lui suggère d'appeler une pirogue afin de retourner chez lui. Non, fait-il. Il veut rester à bord. La Giraudais insiste, ignorant les intentions de Bougainville, et si l'on trouvera un mouillage. Mais le visiteur s'envole dans les haubans, fait apporter des cocos et des bananes, puis renvoie d'un geste la trentaine de pirogues qui entourent le navire !

– Alors, c'est lui, le chef ! comprend Jeanne.

Sans s'occuper de La Giraudais ni de son air contrarié, le jeune homme avise Lafontaine, lui adresse des sourires enjôleurs, l'embrasse et lui offre l'un de ses pagnes en l'enveloppant dedans. À son tour, l'officier lui donne une chemise, une grande culotte et une veste impossible à boutonner sur une aussi forte carrure. Cette demi-toilette semble néanmoins réjouir l'indigène, et il réclame un chapeau pour la compléter. Tout l'équipage s'amuse de sa transformation. On lui apporte un miroir, nouvelle source d'hilarité.

Arrive l'heure de la prière. Le son de la cloche lui fait tourner la tête de tous côtés. Voyant les hommes se mettre à genoux, il les imite et, à la fin, crie « Vive le Roi ! » avec eux. Puis c'est l'heure du repas. Il s'assied par terre près des matelots, vole des cuillerées de soupe dans l'une ou l'autre de leurs gamelles, flaire ce qu'on lui sert avant de le goûter. Sa préférence va aux confitures. Mais il boit l'eau avec tant de plaisir et d'avidité que cela éveille les soupçons de Caro.

– Et s'ils n'avaient point d'eau chez eux ?

Le second pose la question par signes, et n'obtient qu'une réponse imprécise. Signifie-t-elle que l'indigène veut emporter de l'eau chez lui, ou qu'il y en a ?

On s'installe dans la chambre du conseil, et les marins défilent pour observer le Taïtien. Lui-même, assis sur un banc, regarde chacun avec curiosité. Et dévisage tout particulièrement le valet de M. Commerson ! Jeanne sent le rouge lui brûler les pommettes…

– *Vahiné*, s'écrie-t-il soudain, en dessinant de ses mains une forme féminine.

– Il dit que notre Jeannot est une femme, glousse un matelot.

– Il est pas le premier, réplique un autre.

Et de pouffer de rire jusqu'aux larmes, car l'indigène fait à présent des propositions peu équivoques au valet ! Jeanne atterrée s'enfuit dans la chambre, où Philibert la rejoint aussitôt. Le teint du botaniste a tourné au vert.

– File immédiatement là-bas ! ordonne-t-il à voix basse. C'est comme si tu avouais !

Le cœur battant, elle revient sur ses pas en se mouchant, l'air d'être seulement partie chercher un mouchoir. Il lui échoit alors la tâche de peigner et de poudrer le Sauvage…

Mais des appels venus du pont retentissent.

– Venez voir ! Venez voir !

Les matelots accourent et se précipitent tous du même côté, au risque de faire verser le navire ! L'océan berce une pirogue, et sur cette pirogue, une jeune fille presque nue montre son sexe en échange de petits clous.

À ce spectacle charmant, l'équipage sevré de femmes depuis six mois fait des vœux pour une prompte relâche. On passe hélas la nuit à courir bord sur bord ! Le jour point à peine lorsque des pirogues apportent des cocos et des bananes, des petits cochons, quelques poissons rouges et des coquillages. Les Indiens demandent en échange du fer, des pendants d'oreilles, et des femmes… Tout le monde attend avec impatience de connaître la décision du Capitaine. Y compris Caro.

Jeanne est pressée d'aborder, elle aussi. Et de se débarrasser d'Ahutoru, le Taïtien, même s'il s'avère intelligent, raffiné, distingué ! Il ne la quitte pas d'une semelle, requiert sans cesse ses soins, persiste à lui faire la cour et à renouveler ses propositions. Philibert lui offre quantité de petits présents pour détourner son attention, mais ce ne sont que de courts répits.

Au soir de la journée, Vivès dépité note dans son journal : « Nous allons passer cette nuit comme la précédente, impatients de ne pouvoir pas aborder un pays dont nous avons déjà des échantillons si séduisants, et effrayés de crainte que M. de Bougainville n'y renonce. »

Cependant Caro déniche sous un village, et près d'une petite rivière, une baie apte à abriter les deux vaisseaux. Une joie intense étreint le cœur de chacun lorsque retentit l'ordre de parer à mouiller.

Il faut – et ce n'est guère facile ! – amarrer au milieu de la foule, du bruit et du spectacle. Des pirogues ont afflué. Des hommes et de vieilles femmes y dévoilent de jeunes nymphes. Toutes nues, elles aguichent les marins avec grâce. Quant à leurs compagnons, ils pressent ceux-ci d'en choisir une et de la suivre, montrant sans ambages qu'il convient de la faire sienne.

Un insulaire encore moins farouche monte avec une charmante personne sur *La Boudeuse*... Splendide, elle s'offre à qui veut... Bougainville lui-même est ému par cette beauté parfaite. Mais l'ordonnance du Roi n'a pas prévu pareille circonstance à bord, et cela empêche le Capitaine de répondre aux avances de la belle. Elle se retire fort mécontente, tandis qu'il donne des ordres pour contenir les hommes ensorcelés.

Arrive enfin l'instant de descendre à terre ! Une foule de Taïtiens attend sur le rivage en manifestant sa joie. Ils ne portent ni armes, ni bâtons. Les plus hardis tâtent les navigateurs, écartent leurs vêtements comme pour vérifier qu'ils sont bâtis sur le même modèle qu'eux.

L'équipage de *L'Étoile* débarque à son tour, précédé par Ahutoru habillé à la française. Des indigènes l'emportent en triomphe sur leurs épaules, le déposent à l'ombre d'une rangée d'arbres et s'empressent autour de lui en un large cercle. Il leur tient un discours d'une heure, et tous poussent des cris de joie.

Parmi eux, un chef coiffé de plumes fait signe à Bougainville de le suivre avec les siens. Le Capitaine accède à son désir. Domestiques et valets emboîtent le pas de leurs maîtres au son d'une musique rythmée. Des instruments bizarres rappellent trompes, flûtes et tambours.

Jeanne, éperdue de bonheur, admire la nature verdoyante. Bois, vallons, ruisseaux, jardins, maisons joliment situées. Quel lieu plaisant ! On atteint la demeure du chef, une « case », d'après un marin. Murs de roseaux, toit de feuillages, observe Jeanne. Il doit faire bon frais dedans. Un coup d'œil par la porte la laisse s'étonner de l'absence de meubles… et de la propreté du lieu ! Quelle différence avec les Pêcherais ! Et soudain ces messieurs qui partageaient leurs observations font silence. Comme s'ils avaient été bâillonnés ! Une danseuse est apparue, et tous les regards fixent ses hanches qui ondulent avec grâce en produisant un mouvement circulaire… Les yeux leur en sortent des orbites.

Quelle belle personne ! Et qui se meut si librement dans ses étoffes drapées, avec de jolis mouvements des mains. Elle est parée de plumes, de perles, de fleurs et de coquillages. Deux écorces de noix de coco lui emboîtent les seins. Jeanne, fascinée, s'imagine quelques instants à sa place…

Le chef taïtien s'assied alors sur le gazon avec sa famille, et invite ces messieurs à l'imiter tandis qu'apparaissent des domestiques chargés de fruits et de poisson grillé. Mais quelques navigateurs seulement vont pouvoir combler leur estomac vide, car domestiques et valets doivent regagner les vaisseaux. Jeanne aussi, malheureusement.

L'épisode Ahutoru lui a laissé un goût de malaise, a fait renaître un sentiment d'insécurité disparu. Combien elle préférerait rester auprès de Philibert, quitte à jeûner ! Hélas, elle ne trouve nul endroit où se cacher.

– Un repas de l'âge d'or ! s'accordent Vivès et Commerson à leur retour, long collier de plumes noires et de dents de requin autour du cou.

Dommage qu'il se soit terminé si mal.

Ils allaient prendre congé lorsqu'un officier de *La Boudeuse* s'aperçut qu'il lui manquait un pistolet. Ereti, le chef, voulut fouiller tous ses gens. On arrêta ses recherches en lui expliquant que l'auteur du vol risquait d'être victime de sa friponnerie. Pour en donner la preuve, un officier tira sur un oiseau. Carnage qui atterra les Taïtiens, et consterna les Français.

Commerson s'assied à son bureau pour mettre ses observations par écrit.

« Les femmes d'ici peuvent être comparées aux plus belles brunes européennes. Elles ont de grands yeux, bleus ou noirs, un regard coquet et séduisant mais sans pudeur, de beaux cheveux noirs noués le plus souvent au sommet de la tête, une gorge splendide. Tout au plus peut-on leur reprocher des pieds un peu trop larges et des jambes trop grosses. Très adroites, elles confectionnent de petits chapeaux, des nattes ou des couvertures à motifs charmants, des sacs de toutes tailles, une sorte de mousseline d'écorce battue pour se couvrir la gorge et le sexe. Elles nagent remarquablement. Lorsqu'une pirogue chavira, une femme qui donnait le sein tomba à l'eau avec l'enfant, lui maintint la tête à l'air tandis qu'elle nageait calmement pour gagner une autre pirogue. »

Pendant ce temps, Bougainville découvre quatre Indiens venus avec l'intention de souper et de coucher sur *La Boudeuse*. Il veut les bien traiter, leur offre un concert de flûte, basse et violon, très apprécié, puis un petit feu d'artifice… Hélas, ils sautent effrayés dans leurs pirogues !

Le lendemain matin, le Capitaine voit arriver le chef Ereti avec un cochon, des poules et… le pistolet. Bon présage.

Vient alors l'heure de s'installer sur cette terre tant espérée. Le Capitaine fait descendre des soldats chargés de tentes et de bagages. Le cacique et d'autres observent les opérations, tiennent conseil, et lui expliquent qu'il faudra retourner à bord pour la nuit. Bougainville explique de son mieux que ses hommes doivent pouvoir coucher à terre afin de récolter de l'eau et du bois. Dix-huit journées seront nécessaires. Il exprime la durée du jour en montrant le soleil qu'il fait se lever puis se coucher, et aligne dix-huit pierres. Le conseil délibère, et le chef supprime neuf pierres. Le Capitaine insiste. Nouvelle délibération. Quinze jours et le droit de coucher à terre sont accordés, mais les Indiens n'ont pas l'air rassuré. Le coup de pistolet et les fusées ont marqué les esprits.

Cependant Ereti manifeste son bon vouloir en prêtant un grand hangar près de la rivière. Endroit idéal pour les tentes destinées aux scorbutiques. Ils sont trente-cinq : douze de *La Boudeuse*, et vingt-trois de *L'Étoile*.

« Onze de plus chez nous, constate Jeanne. Est-ce la cucurbite qui fait la différence ? »

Quoi qu'il en soit, il est temps d'herboriser. Mais l'installation des malades prend la journée.

Le soir même, le prince de Nassau, son ami le chevalier d'Oraison et le volontaire Fesche content leurs aventures du jour à la table que Bougainville a fait dresser sous les cocotiers. Commerson assiste au repas et Jeanne aussi, cachée derrière l'arbre proche de lui, espérant échapper ainsi à Ahutoru qui pourrait la chercher sur *L'Étoile*.

– Dès que je fus sur le rivage, commence le prince sans se départir de son air ingénu, une troupe d'Indiens vinrent m'offrir une femme. Je n'avais nulle envie de désobliger ces bonnes gens, mais encore moins de pratiquer en public ainsi qu'ils l'exigeaient. Je m'en tirai honnêtement en faisant des présents et témoignant l'empressement que j'avais de me rendre chez leur chef. Arrivés chez lui, il nous signifia qu'il attendait ses femmes, qui devaient nous rejoindre sous peu. Nous sortîmes. Il nous montra l'arbre à l'écorce qui leur sert à faire leurs pagnes, et nous dit le nom de tous les fruits. Après quelque temps de promenade, nous retournâmes à son logis, où nous trouvâmes sa femme et une jeune fille de douze ou treize ans. On nous fit asseoir, on apporta des cocos et des bananes que nous dégustâmes avec appétit... Chacun des assistants prit ensuite une branche de feuillage, et ils se rangèrent en cercle autour de nous. L'un s'empara d'une flûte, dont il tira des sons doux et agréables. On plaça au centre jonché de feuillages et de fleurs une natte sur laquelle s'installa la jeune fille...

Fesche et d'Oraison poursuivent de concert, se relayant dans le récit des faits délicats.

La demoiselle était ravissante. Les Indiens aux yeux réjouis entourèrent le prince, qui s'interrogeait. Avait-il bien compris ce qu'on attendait de lui ? Voulant s'en assurer, il s'approcha d'elle, lui offrit une perle – fausse ! – qu'il lui attacha à l'oreille, et risqua un baiser. Celui-ci lui fut rendu. Il caressa les jeunes seins, puis ses mains glissèrent vers d'autres appâts cachés par un voile. La Taïtienne l'ôta d'elle-même et apparut telle Ève dans le jardin d'Éden. Elle s'étendit alors sur la natte et posa sa main sur la poitrine de Nassau, lui faisant entendre qu'elle se donnait à lui.

« Beau cadeau, songe Jeanne. Ces gens-là sont généreux. »

La réputation faite aux Français d'être des amants fougueux obligeait le prince à en fournir la preuve… Hélas ! empaqueté dans ses vêtements à la française, et gêné par la présence d'une cinquantaine de témoins, il ne put se résoudre à satisfaire un désir pourtant violent.

– Un Indien se servit d'un moyen bien singulier pour aiguillonner Votre Altesse, rappelle Fesche.

– Hum, bougonne Nassau, peu enclin à délivrer le secret.

– Dites-nous donc, insiste un officier. Ne nous laissez pas mourir idiots !

Nassau feint de n'avoir rien entendu et poursuit son récit.

Las de regarder et de toucher, ces messieurs se retirèrent tandis que les habitants marquaient un fort mécontentement.

« Dame, songe Jeanne. On leur offre un cadeau, et ils le refusent comme des malpolis ! »

– Heureuse nation qui ne connaît point les noms odieux de honte et de scandale ! ajoute le prince, en se vengeant sur la chair blanche d'une noix de coco.

La conversation se poursuit, mais Jeanne n'écoute plus. Ses seins la brûlent, la piquent, la démangent. Ils ne sont que plaies et croûtes. Elle ne dispose plus d'aucune plante pour les soigner. Quand ira-t-on herboriser ?

Les circonstances lui demandent encore quelques jours de patience. D'autres maux que le scorbut ont frappé les équipages. On élève une ambulance[1] sur le rivage. Commerson, Vivès et les chirurgiens de *La Boudeuse* s'activent sans répit. Cependant une certaine disposition indigène entrave les opérations.

– Ils sont plus voleurs que des diables, résume Caro en se rongeant un ongle. Et notre Sauvage pensionnaire est aussi grand coquin que les autres.

Ainsi, M. de Bougainville déplore la disparition d'une lunette d'opéra placée dans sa poche. Ainsi, un officier de *L'Étoile* était assis à terre, son épée sous le bras, quand un insulaire passe, se saisit de l'épée et se sauve. Ainsi, dans la tente du poste, tenu par des gens de *L'Étoile*, deux fusils et une grosse chaudière[2] disparaissent sans que les sentinelles s'en aperçoivent. Ailleurs, c'est une barre de justice[3] déjà introduite aux deux tiers dans une tige de bambou… Le plus grave, c'est la disparition des carnets de l'astronome, M. Véron. Il y a noté les observations faites pendant quatre jours et quatre nuits.

Un troc se déploie dans un hangar. Clous, fausses perles et grains de cristal, boutons de plomb ou d'étain et petits outils s'échangent contre fruits, poissons,

1. Établissement provisoire formé pour donner les premiers soins à des blessés ou à des malades.
2. Récipient de cuivre où cuisent les aliments.
3. Barre de fer employée pour infliger la peine des fers à bord.

coquillages, coqs, poules et cochons. « Le spectacle doit être amusant, songe Jeanne. Et qui sait si les indigènes ne proposent pas aussi des plantes. Il faut aller voir. » Mais elle se ravise après quelques pas. Prudence ! Mieux vaut éviter de se mettre sur le chemin d'Ahutoru.

16

Fers... fond de cale ?...
11 avril 1768

Le 11 avril, enfin, Commerson est libre d'aller herboriser sur cette terre que Bougainville a baptisée la Nouvelle Cythère, tant elle vit sous le souffle de la déesse Vénus.

Jeanne prépare l'équipement. Son cœur déborde de joie. Quatre mois sans cueillette ! Elle était loin d'imaginer un sort pareil. Vivès dit avoir repéré du pourpier et une espèce de cressonnette qui amélioreront l'état des scorbutiques. Qui sait si cette terre fertile ne recèle pas d'autres trésors ? Il lui faudra aussi trouver des plantes pour soigner les ulcères de ses seins. Une cousine de la bardane serait la bienvenue.

Tout à ses rêves de guérison, Jeanne suit Philibert dans la chaloupe.

À peine ont-ils débarqué et fait quelques pas à terre qu'elle se sent saisie par le corps. Ne sachant ce qui lui arrive, elle décoche des coups de poing au hasard, touche deux hommes. Mais l'attaquant se multiplie. Ils sont maintenant trois, puis quatre, qui crient : « *Vahiné ! Vahiné !* » Elle croit les tenir en respect quand un costaud la soulève et s'enfuit en la maintenant malgré ses ruades, tel un loup qui enlève une brebis.

M. de Bournand a assisté à la scène. Voyant Commerson statufié, il dégaine son épée, court après l'intrépide et le fait lâcher prise. Jeanne tombe à terre, lutte pour contenir le flot de larmes retenues depuis des mois.

Philibert se tient devant elle lorsqu'elle se relève, meurtrie et les yeux brouillés. Il est vert, ses lèvres tremblent, sa main tente de contenir le battement de son cœur. Un instant, elle se demande s'il ne va pas flancher. Mais il tient bon. Il la ramène sur la flûte avec l'ordre de n'en plus bouger. Comme au jour de l'embarquement, une crampe laboure le ventre de Jeanne, le sang lui cogne aux tempes. En abordant le pont, elle croise l'œil narquois de Vivès, qui a observé la scène avec sa longue-vue. Regard qui achève de la décomposer. Elle claque des dents malgré la chaleur, ruisselle d'une sueur glacée.

Philibert repart herboriser. Seuls leurs yeux éplorés ont pu se parler. Le pire semble être survenu. Une mâchoire d'acier les a happés.

Les images de la scène vécue passent et repassent dans l'esprit de Jeanne, prostrée dans la chambre. Comment et pourquoi les indigènes ont-ils repéré sa féminité ?

Sans doute ignorent-ils que les femmes d'Europe portent la jupe, que la culotte leur est interdite. Et, culotte ou jupe, pour eux, c'est bonnet blanc ou blanc bonnet. Ils n'y voient pas de différence. Alors, comment l'ont-ils reconnue ?

À l'odeur ? Pas impossible. Ils pourraient avoir l'odorat plus subtil que les Européens… À moins qu'Ahutoru, sûr de son diagnostic, n'ait vendu la mèche ! D'ailleurs il a quitté hier *L'Étoile*...

Que va-t-il arriver maintenant ?

Peut-on espérer que personne ne bavardera ? Pas même François Vivès ?

M. de Bougainville sera-t-il prévenu ? Sévira-t-il ?

Le temps sera horriblement long à passer ! Le 6 avril, le Capitaine a obtenu auprès du chef taïtien l'autorisation de rester quinze jours sur cette terre merveilleuse. Jeanne va devoir se terrer dans la chambre pendant dix jours encore. Ou pire : dans la cale, fers aux mains et aux pieds.

Une brume lui noie le cerveau. Les yeux ouverts mais aveugles, elle ne peut que se laisser absorber par la ritournelle qui lui accapare l'esprit : « cale... fers... fond de cale... fers... barre de justice... » Elle s'attend à tout instant à voir surgir un matelot chargé de lui faire subir son châtiment, sursaute au moindre craquement.

Un pas lourd approche... Jeanne se laissera-t-elle emmener sans rien dire, doux mouton soumis à la volonté des hommes ? Elle brûle de se défendre, d'envoyer des coups. Qu'ils voient qui elle est ! Qu'ils voient ce qu'elle vaut ! Qu'elle a plus de force que plus d'un matelot ! Qu'elle est capable d'accomplir le même travail qu'un homme ! Et qu'il est bien des fois où son cerveau fonctionne mieux que le leur !

Attention, Jeanne, se sermonne-t-elle, le pauvre matelot qu'on t'envoie n'est responsable en rien... La porte s'ouvre d'un coup sec. C'est Philibert. Elle va se jeter dans ses bras, mais l'expression des yeux de son amant l'arrête. Il désigne le couloir. Sans doute sont-ils espionnés.

Philibert annonce à voix haute que la cueillette a été bonne. Jeanne le voit éreinté. Il a tout cueilli lui-même, tout porté lui-même, et il y a longtemps que cela ne lui était plus arrivé.

À peine échangent-ils un regard, mais c'est un regard de feu, où chacun lit dans l'œil de l'autre l'amour intact, voire ravivé. Puis le botaniste lance des ordres que tous peuvent entendre. Examiner les plantes et les trier. Préparer des sucs de cresson et de pourpier en grande quantité. Elle s'y met aussitôt, heureuse de ce travail qui va la tenir jusqu'à une heure avancée de la nuit. Quant à lui, il tombe comme une masse sur le lit, garde les yeux ouverts.

Vient l'heure de se séparer. Malgré le cœur qui hurle. L'un et l'autre ont été incapables d'avaler une bouchée de nourriture. Ils n'ont même pas touché à leur régal, l'eau délicieuse des noix de coco. L'anxiété leur creuse les orbites. Oh, que Jeanne aimerait se glisser dans le placard de la chambre et profiter jusqu'à l'aube de son petit coin tranquille ! Mais ce serait aggraver sa faute.

Philibert lui tend deux pistolets chargés. Elle les prend, ferme la porte derrière elle, lourde comme si elle avait avalé du plomb, et se dirige lentement vers l'entrepont. Avec un peu de chance, ses compagnons de nuit seront endormis. Mais non !

– Salut Jeannette ! glousse Guillaume. Tu accepteras bien une petite visite, mon ange. J'avais deviné, hein, la belle ! Et c'est moi qu'on a puni ! Ça, tu me dois un bon dédommagement.

Il saute de son hamac, esquisse un pas de danse, la bouche arrondie sur ses deux chicots. Jeanne tire les pistolets de ses poches, le fixe d'un regard froid.

– Ventredieu, tu me le payeras ! siffle-t-il en reculant.

Les menaces du coquin ne l'atteignent guère. Au point où elle en est ! Qu'adviendra-t-il de Philibert et d'elle ? Quel sort leur est destiné ? En quoi consisteront les foudres de M. de Bougainville ? Les questions tournent en boucle. Elle s'allonge sur son hamac, un pistolet dans chaque main. Et les serre contre elle au long de son demi-sommeil troublé de cauchemars.

Au matin, un bruit épouvantable jette tout le monde sur le pont. *La Boudeuse* s'est abattue sur *L'Étoile*.

Dégâts heureusement minimes. Mais Caro crie casse-cou. Le fond est tapissé d'un corail coupant comme des lames. Lourde menace pour les câbles d'ancres !

Les trente-cinq scorbutiques sont regroupés dans une grande case sur le rivage. Commerson et Vivès s'activent auprès d'eux avec les médecins de *La Boudeuse*. « La journée y passera en entier », se désole Philibert. Il peine à se concentrer sur l'état des malades. Espère que pendant ce temps personne ne forcera la porte de la chambre où Jeanne se terre. Domine difficilement sa nervosité. Craint de voir surgir le Capitaine. Sursaute et scrute l'entrée de la case au moindre bruit de pas.

– Je n'aimerais pas être dans la peau de M. de Bougainville, confie Vivès.

– Et p… pourquoi ? bégaie Commerson, liquéfié.

Des insulaires, rapporte le chirurgien, sont venus se plaindre de la mort de l'un d'eux, tué d'un coup de feu. Un lâche assassinat, puisque le meurtrier n'est pas venu rapporter qu'il a été forcé de se défendre. Sûrement un soldat de *La Boudeuse*, car les gens de *L'Étoile* descendent à terre non armés. Ivre sans doute, et guidé par la débauche ou la gourmandise. Tout en écoutant, Philibert supplie le ciel. Plaise à Dieu que Jeanne n'ait pas eu, en plus, à utiliser ses pistolets ! À faire feu sur Ahutoru, par exemple.

Vivès bavarde beaucoup, mais se retient de tout dire. Notamment que, depuis l'aventure du valet de Commerson, les Français au visage efféminé sont sans cesse tourmentés par les Sauvages. Ceux-ci s'en saisissent et ne les lâchent qu'après avoir tâté la preuve de leur virilité…

Un matelot arrive en coup de vent. M. de Bougainville réclame en hâte son chirurgien. Que se passe-t-il ?

– Des soldats de *La Boudeuse* ! Ils voulaient échanger un cochon contre deux clous, mais l'Indien a refusé. Dame, il devait savoir que le Capitaine donne hache, miroir, clochette ! Deux clous, c'est maigre, juste bon pour des coquillages… Ils ont pris le cochon de force, et maltraité l'homme. Bref, il a appelé ses compatriotes à l'aide, et les nôtres ont tiré. Ils ont tué trois habitants et blessé d'autres.

Vivès suit le chirurgien de *La Boudeuse*.

Une heure après, le voici de retour, l'air tourmenté. Les indigènes vident leurs cases, embarquent vieillards, femmes, enfants et leurs effets dans des pirogues, puis déguerpissent. Ils embarquent même les morts, et la maison du cacique est toute démeublée. Ils disent que « les amis tuent ».

– D'ici là qu'une armée d'hommes furieux nous tombe dessus ! Alors que les deux navires sont justement incapables d'appareiller !

À dix heures du soir, grosse houle, orages et pluies rageuses augmentent l'horreur. Comme un présage.

Et en effet ! Le lendemain, les signaux de *La Boudeuse* apprennent à *L'Étoile* que des indigènes ont cisaillé dans la nuit ses câbles tout neufs. Quatre ancres perdues en vingt-quatre heures ! La réserve est largement entamée. Mais le pire : la frégate est projetée vers les écueils jusqu'à les frôler ! On craint à chaque instant de la voir se briser… Un cauchemar. L'équipage de *L'Étoile*, pétrifié, assiste impuissant à la danse du beau navire. Enfin, après bien des frayeurs, une brise de sud-ouest permet au vaisseau de s'écarter de la côte.

L'angoisse a quitté le cœur des marins. Seul Commerson reste nerveux. Il va et vient entre la chambre et le pont. Pêche des nouvelles qu'il rapporte à Jeanne.

– L'affaire des coups de pistolet ne se termine pas trop mal. Nassau a réconcilié tout le monde ! C'est un bon diplomate.

– N'empêche que les Français ont assassiné des gens qui ne leur ont fait que du bien, riposte Jeanne. Ce sont eux les barbares.

Philibert la regarde avec des yeux ronds, repart vers le pont, est bientôt de retour.

– Tout s'arrange. Les indigènes apportent des poules, des cocos, des bananes, des pigeons, des giraumons. Bougainville leur offre quantité de cadeaux. Haches, tissus de soie, fausses perles, ciseaux…

Toutefois le silence du Capitaine à leur égard inquiète les amants. Sans doute ne perdent-ils rien pour attendre, songe Jeanne. Toujours cette ritournelle dans sa tête : « cale… fers… fond de cale… fers… » Philibert sera puni lui aussi. Par sa faute. Elle voudrait mourir, se dissoudre, n'avoir jamais existé. Tente d'accrocher un souvenir serein, le petit clocher de La Comelle, le regard amoureux de Philibert, une fleur de bougainvillée, mais rien n'y fait. La scène funeste passe et repasse dans son esprit comme une vague monstrueuse. Les minutes sont interminables.

Le jour d'après, contre toute attente, retentit l'ordre d'appareiller ! En catastrophe. Les scorbutiques ont juste le temps de monter à bord.

Cependant *L'Étoile* jette l'ancre dès qu'elle a dépassé les récifs.

– Au moins un navire à l'abri des accidents ! se félicite M. Caro en se frottant les mains. Ici, ni corail, ni Sauvages. Le retour dans la patrie est assuré. Nous attendons que l'équipage de *La Boudeuse* finisse son eau, déblaie l'hôpital et le camp, et hop, nous partons !

Il observe du coin de l'œil l'équipage écrasé de fatigue. Certes les matelots ont eu des femmes à discrétion, se sont nourris en abondance de cochons, poules, fruits, mais ils étaient sans cesse à rouler des barriques, à porter du bois, à lever les ancres, les mouiller… Cette étape ne les a pas reposés comme elle aurait dû. D'ici là qu'ils piquent du nez à leur poste !

Le chagrin ternit les yeux de Philibert. « Pourvu qu'il ne tombe pas malade ! » songe Jeanne. À leur situation cruelle s'ajoute pour lui le désespoir de n'avoir reçu aucune lettre de l'abbé lui parlant de son fils. Un chagrin récurrent qui certains jours s'empare de lui tel un raz de marée. Jeanne est prête à parier que le beau-frère continuera de se taire. C'est qu'il est rancunier, l'abbé ! Une fois Commerson parti pour Paris, il a dû s'apercevoir que Jeanne avait disparu aussi, qu'elle remplaçait donc sa sœur Antoinette auprès du veuf indigne. Et dans sa colère, il a décidé de confisquer son neveu Archambaud. Pas la peine d'inquiéter Philibert. Si Jeanne voit juste, il découvrira tout cela bien assez tôt.

Une nouvelle nuit passe. Pistolets à portée de main pour Jeanne. Elle sent peser sur elle le regard inquisiteur des hommes.

À l'aube, *La Boudeuse* met enfin à la voile !

Survient alors un fait étrange ! Voyant les Français sur le départ, le chef Ereti vient faire ses adieux à Bougainville. Suivi de ses femmes, il apporte nombre de présents. Et surtout, il tient Ahutoru par la main. Ce prince, dit-il, souhaite suivre les Français, connaître leur pays et revenir ensuite chez lui. Bougainville y consent. Le Taïtien retourne embrasser sa compagne, lui donne trois perles qu'il porte aux oreilles et, malgré les larmes de la belle, s'arrache de ses bras pour remonter à bord.

Ahutoru vogue donc à présent sur *La Boudeuse*. Il se fait appeler Poutavéri, voulant prendre le nom de Bougainville qu'il n'arrive pas à prononcer autrement, et il a demandé d'être vêtu à la française. L'avis de certains sur le mobile qui le fait agir ainsi : l'envie de se marier quelque temps à des femmes blanches.

Et Jeanne qui pensait être débarrassée de lui ! « Espérons qu'il va rester sur la frégate », songe-t-elle.

17

Vers l'île des Lépreux
18 avril 1768

Les menaces cesseront-elles bientôt de cerner Jeanne ? Elle vit des heures éprouvantes. Guillaume feint de se désintéresser d'elle, mais elle sent qu'il l'épie. Et voici qu'Ahutoru risque d'apparaître sur *L'Étoile*. Le plus grave cependant, c'est la punition qui plane au-dessus de leur tête : Philibert et elle s'attendent à tout instant à devoir comparaître.

Le temps se déroule comme une vis sans fin.

Confinée dans la chambre pour éviter tout fait aggravant, Jeanne ressasse. Quelles explications donneront-ils ? La fable de l'eunuque prendra-t-elle encore cette fois ? On ne peut rien prévoir. Il faudra improviser.

Elle lutte avec la nausée. Si elle pouvait au moins profiter de sa retraite pour libérer ses seins !

Et voici que le 18 avril, à trois heures de l'après-midi, un matelot prévient M. Commerson que M. de Bougainville l'appelle sur la frégate. C'est presque un soulagement. Jeanne et Philibert n'en peuvent plus d'aligner les hypothèses angoissantes. Il endosse sa redingote quand on frappe encore à la porte. C'est M. de La Giraudais.

– Emportez vos instruments, M. Commerson. Le Capitaine est incommodé.

Vivès surgit dans le couloir. Il a tout entendu. Sans doute furieux de n'être pas appelé en premier, il passe le matériel au botaniste qui a pris place dans le canot, et voilà qu'il lui laisse tomber une lourde boîte sur la jambe ! Sa jambe malade qui était presque guérie... Commerson sent la plaie s'ouvrir à nouveau, mais il n'a guère le loisir de s'en occuper. Et puis son esprit est ailleurs. Que va lui dire M. de Bougainville ? Que répondra-t-il ?

Le Capitaine commence par s'inquiéter de l'état des scorbutiques de *L'Étoile*, et se réjouit de les savoir rétablis.

Quant à lui-même, il souffre d'une fièvre violente depuis le départ de Taïti. Les remèdes du chirurgien de *La Boudeuse* sont sans effet.

Ses yeux luisent de fièvre. Sa respiration est courte. Il est rouge, congestionné. Philibert lui prend le pouls, déréglé. « Jeanne ! » songe-t-il dans un éclair. Il demande à envoyer le canot vers la flûte, confie au matelot un message pour son valet, et s'assied. Il se tait. C'est un silence lourd, amer. Il ne sait quelle conduite adopter. Avouera-t-il la vérité ? Sinon, quel mensonge inventer ?

Il est si las de trahir.

– J'ai bien du souci, commence le Capitaine.

– Je comprends, Monsieur, dit le médecin en baissant les yeux. Comment pourrais-je...

– Il s'agit de notre Taïtien, M. Commerson. Imaginez-vous que sa présence trouble la navigation. Après avoir considéré les étoiles, il en a désigné une, disant qu'il fallait se diriger vers elle. Que d'ici deux jours, on aborderait une terre extrêmement fertile où il a des amis et un enfant.

Le malade éponge son front ruisselant et poursuit :

– Comme je ne m'exécutais pas, il me répéta plusieurs fois qu'on y trouvait des cocos, des bananes, des poules, des cochons, et surtout des femmes, de surcroît fort complaisantes. Outré de voir que ces raisons ne me faisaient pas céder, il a saisi le gouvernail et tenté d'infléchir la direction malgré la résistance du timonier. On a eu de la peine à le maintenir, et ce refus l'a beaucoup chagriné… Il ne pense qu'aux femmes, il en parle sans cesse, il n'a que cette idée en tête. Il dit que s'il n'y a point de femmes pour lui là où nous allons, il faut lui couper la tête.

Philibert est sur des charbons ardents. Le Capitaine a-t-il choisi ce biais, le goût d'Ahutoru pour les femmes, afin de lui parler de Jeanne ?

Jeanne s'affaire aux herbiers de poissons lorsque la porte de la chambre s'ouvre d'un coup brusque. À l'instant où elle saisit ses pistolets, elle reconnaît M. Caro. Il lui transmet un message de M. Commerson. Le botaniste demande à son valet de préparer des plantes pour soigner M. de Bougainville attaqué par une fièvre violente.

Vite, elle rassemble des fruits d'épine-vinette, des baies de lierre, des semences de navet, les plonge dans l'eau. L'infusion doit bouillir pendant un quart d'heure, puis Jeanne additionnera du sucre pour obtenir un sirop. Elle confectionne aussi un cataplasme avec des feuilles de saule et de plantain. Les piler rapidement la met en nage.

La nuit tombe quand elle remet les préparations au matelot de *La Boudeuse*, et retourne dans la chambre. Les plantes ont chassé son tourment à l'arrière-plan, mais la douleur l'assaille à nouveau.

Des vagues têtues se brisent contre la coque avec des aboiements de roquet. Les heures défilent sans que Philibert apparaisse. Sans doute répond-il aux accusations de M. de Bougainville et se défend-il pied à pied. Lorsque Jeanne pourra s'exprimer, elle tentera de le décharger. Tout est de sa faute à elle.

Il est minuit passé quand elle prépare pour la nuit le lit de Philibert et, gorge nouée, bouche sèche et amère, se décide à gagner son hamac. Elle souffre comme un aveugle qui a perdu son bâton.

Elle ne ferme pas l'œil de la nuit, attend péniblement l'aube afin de « prendre son service auprès de son maître ». Il s'est couché tard. Ne faut-il pas le laisser dormir un peu ? Quand enfin elle s'autorise à frapper, personne ne répond. Affolée, elle pousse la porte.

La chambre est vide. Le lit n'a pas été touché.

Bougainville a-t-il fait mettre Philibert aux fers ? La maladie du Capitaine n'était-elle qu'un prétexte ? Un souvenir traverse l'esprit de Jeanne. C'était à Buenos-Aires : le gouverneur se vantait d'avoir fait croire aux jésuites qu'il voulait se confesser, une ruse pour s'emparer d'eux. Les messieurs ne répugnent pas à mentir si cela sert leurs intérêts.

Les jambes tremblantes, elle attend. Toute activité lui est impossible, comme si une grosse corde la ficelait. Sans doute devra-t-elle comparaître elle aussi. Il ne lui reste qu'à mettre une chemise et un pantalon propres. Elle le fait. Puis elle se colle au sabord pour guetter le canot.

Le voici enfin !

Elle se précipite sur le pont, son rôle de valet peint sur le nez. Vivès la bouscule pour accueillir en premier le médecin et s'intéresser à la santé du Capitaine.

– Sa température était normale ce matin, dit Commerson, blanc comme s'il s'était talqué le visage. Je lui ai recommandé de garder le lit encore aujourd'hui. Il se lèvera demain si la fièvre ne récidive pas.

Il faudrait que le chirurgien soit aveugle pour ne pas voir la grosse marque brune auréolée de jaune qui tache le bas blanc du botaniste.

– Venez me montrer votre plaie.

– Merci, je m'en débrouillerai.

– Montrez, que je vous dis ! Vous n'avez pas confiance ?

Il est impossible de refuser, et Philibert se laisse entraîner dans le poste de Vivès. Sans un regard pour Jeanne.

Elle ronge son frein le temps que durent les soins, en proie à deux questions lancinantes. Qu'a dit M. de Bougainville ? La plaie de Philibert est-elle profonde ?

– J'ai fait transpirer le Capitaine toute la nuit en lui donnant des tisanes brûlantes, lui rapporte Philibert quand ils se retrouvent, après s'être laissé tomber sur le lit comme une masse inanimée. Et il continue à prendre le sirop.

Ses yeux et un pauvre sourire félicitent Jeanne d'avoir associé les bonnes plantes.

– Qu'a-t-il dit pour nous ?

Elle a pris soin d'articuler chaque syllabe en silence. Craint la réponse.

– Rien, fait-il.

Sans doute le Capitaine reconnaissant a-t-il remis à un autre jour de sommer le médecin de s'expliquer sur la féminité de son valet. Mais combien de temps durera le sursis ?

La jambe de Philibert est très abîmée. Heureusement qu'on est en mer ! Il peut la laisser au repos tant qu'ils voguent. La cueillette des plantes lui serait fatale.

Jeanne a maigri. Ne peut songer qu'à la réaction de Bougainville. Et si, contre toute attente, personne n'avait rien révélé au Capitaine de l'épisode qui la mine ? Est-ce possible ? Elle ne sait plus où elle en est, elle ne sait plus que penser. Philibert n'est d'aucun secours. Il se mure en lui-même, ne songe qu'à observer la pêche, à l'affût de poissons inconnus, ou à compléter ses observations. « Description de l'isle de la Nouvelle Cythère où nous avons relâché le 6 avril 1768 vers les 3 h après midy. »

La route est longue, le temps est long, la mer est monotone. Les marins feignent d'ignorer Jeanne, mais sans doute est-ce un moindre mal. Seuls des événements graves la sortent de sa torpeur.

Le 27 avril, *La Boudeuse* met en panne le temps d'enterrer – peut-on en mer parler d'« enterrer » ? – un pilote trouvé mort le matin dans son lit. Jeanne rejoint l'équipage de *L'Étoile* rassemblé sur le pont, et observe les coutumes de la Marine. Le corps a été cousu dans une toile, lesté d'un boulet. Il est posé sur une glissière. On le jette à la mer après l'absoute de l'aumônier et les prières de l'équipage. Les effets du pilote seront vendus dans la journée.

Qui sait si Philibert ou elle-même ne finiront pas ainsi, songe Jeanne. Tous deux savaient qu'ils couraient ce risque et pourtant, comme pour les marins, le goût de partir l'a emporté. Que vendrait-on des biens de Jeanne en pareil cas ? Ses deux bandes de poitrine ? Qui en voudrait ?

Île en vue le 3 mai[1]. Pourvu qu'on ne puisse pas débarquer, espère Jeanne à l'encontre de l'équipage. Toute nouveauté lui fait craindre le pire, et la plaie de Philibert n'est pas refermée. Il en veut beaucoup à Vivès.

L'île paraît séduisante avec ses cocotiers, bananiers et palmistes[2] mais Caro, le spécialiste des bons mouillages, ne se décide pour aucun. Le 5 mai, il cherche encore en vain quand surviennent des pirogues.

– Mettez en panne ! ordonne-t-il.

Et l'on observe les indigènes.

– Leur trousse-couilles de jonc est assez bien travaillé, déclare Vivès, lunette sur l'œil.

Et Caro :

– Ils ont le derrière peint comme ceux de Cythère, mais ils sont moins beaux. Ils semblent plus sauvages. Les femmes sont très laides et aussi rougeâtres que les hommes.

D'ailleurs Poutavéri, qui s'est mis nu sur le pont de *La Boudeuse* afin de leur parler, ne comprend pas leur langage et affiche une moue méprisante. D'un signe vigoureux, il soutient même que ces gens ne méritent que la mort.

Loin de se douter du peu de cas que le Taïtien fait de leur vie, les indigènes ont repéré un requin. Et le pêchent avec un nœud coulant qui leur sert à l'étrangler ! Le spectacle distrait quelques instants Jeanne,

1. L'une des îles Samoa.

2. Variété de cocotier dont le bourgeon terminal, chou palmiste, est comestible.

émerveillée de cette ingéniosité, puis elle réintègre la chambre.

Rester dans l'ignorance de son sort lui paraît maintenant pire que l'attente d'un châtiment certain. Elle soupire et se met à trier des plantes, la seule occupation qui l'apaise un peu.

Ils repartent. Les îles défilent. Non répertoriées sur les cartes, d'après M. Caro. Combien en ont-ils longé de nuit sans le savoir ?

Une nuée d'oiseaux signale ce matin une terre proche. Cependant *L'Étoile* traîne, et M. de Bougainville s'impatiente.

– C'est que nous sommes trop haut sur l'eau, répond Caro.

Et pourquoi ? Parce que le bâtiment est trop léger… Les provisions ont fondu.

Les vivres et l'eau ne dureront guère. Il faut s'arrêter au plus vite.

Jeanne ne sait si cette nouvelle l'attriste ou la réjouit. À part une cueillette, peut-elle espérer du bien d'une nouvelle escale ? Pour l'heure, les nuits sont plus noires qu'elles ne l'ont jamais été, et on avance à tâtons. De longues couleuvres d'eau à l'air mauvais glissent le long du navire. Un présage sinistre ? Jeanne ne peut s'empêcher d'en voir partout.

Le samedi 7, l'horizon s'éclaircit. À quatre heures du soir, M. de Bougainville fait savoir qu'il désire se rendre à bord de *L'Étoile*. Philibert, très pâle, l'annonce à Jeanne pétrifiée. Son cœur bat la chamade tandis qu'elle brosse la redingote de son amant et l'aide à mettre sa perruque. À son tour, elle revêt des vêtements propres. Et commence à attendre. Elle se surprend à trembler.

Le Capitaine fait lentement le tour du vaisseau. Rien n'échappe à son œil vigilant. Ni les soutes, ni les barils, ni les voiles, ni les cordages, ni la cale dont il examine avec un soin particulier le moindre recoin… Son examen le satisfait.

– Tout est en bon état, observe-t-il à la fin de l'inspection en tapant sur l'épaule de La Giraudais, qui de joie le retient à souper.

C'est une nouvelle source d'angoisse pour Philibert. Il échange avec Jeanne un long regard douloureux et, traînant sa jambe malade, se rend à contrecœur à la table du commandant.

L'attente brise Jeanne. Elle suffoque. Il lui manque de pouvoir occuper ses doigts. Qu'elle eût aimé prendre un tricot ou une broderie ! Les minutes s'égrènent à grand-peine, et la ritournelle dont elle se croyait débarrassée lui obsède à nouveau l'esprit. « Cale… fers… fond de cale… fers… cale… » Pourquoi Philibert ne revient-il pas ? Il y a belle lurette que le souper doit être avalé.

La soirée s'est prolongée autour d'un flacon de bonne eau-de-vie, lui apprend-il à son retour. M. de Bougainville était détendu. Ils ont évoqué des incidents de la navigation, des souvenirs de route.

– Il n'a rien dit, à propos de Taïti ? veut s'assurer Jeanne.

– Si… Il paraît que des indigènes ont offert des morceaux d'or à l'un de ses officiers.

Un rire violent naît dans sa gorge, un rire qu'elle ne peut laisser éclater, et elle manque s'étouffer. Il lui semble que son thorax va se briser. N'est-il pas évident que Bougainville ne sait rien ? Ils rient en silence et aux larmes.

Jeanne retrouve dès lors son entrain et sa joie de vivre. Malgré la brûlure constante de ses seins laminés. Pipe au bec, elle se rend utile où elle peut. Mais il n'y a guère à faire. La mer, d'un calme consternant, semble une grande plaque de métal brillant.

« Que de patience exige cette navigation ! » se plaignent les commandants. « Ce n'est pas vivre, c'est mourir mille fois chaque jour », confie M. de Bougainville à son journal.

– Voilà six mois que nous tenons la mer, grogne M. Caro. Il ne reste plus d'aliments frais, et le bois va manquer. Plusieurs officiers ont la bouche échauffée et les gencives marquées de scorbut.

Là-dessus, une nouvelle maladie se déclare parmi les matelots des deux vaisseaux. Des chancres leur dévorent la chair. Ahutoru est déjà bien atteint. Cela ne l'empêche pas de vouloir s'arrêter à chaque îlot pour satisfaire son obsession. Les timoniers le gardent à l'œil.

Quant au prince de Nassau, il ne songe qu'à débarquer sur « les fameuses îles Salomon riches en or et en pierreries ». Où diable se nichent-elles ?

Quelques jours encore, et un continent magnifique s'annonce ! Cependant la joie laisse place à une déception amère. Ce ne sont que des îles éparses[1], des rochers désolés. Or, il faut vraiment s'arrêter, et le faire dans un lieu hospitalier. Tout manque. Les plantes aussi.

1. Nouvelles Hébrides.

Le 23 mai, apparaît enfin une île digne d'intérêt. La côte en est si boisée que son reflet verdit l'eau. Les arbres sont chargés de fruits. Des pirogues naviguent au large.

À défaut d'un bon mouillage, chaque vaisseau envoie ses canots. Le prince de Nassau prend la tête de l'expédition qui comporte un détachement de soldats.

Vivès, Commerson et son valet s'installent dans le canot de *L'Étoile*. Jeanne a laissé ses deux pistolets dans la chambre. Ils sont si lourds qu'ils la gêneraient pour la cueillette.

On entend le son rauque d'une espèce de tambour sortir de la profondeur des bois. Lorsque les canots atteignent le rivage, voici que des insulaires menaçants, prêts à tirer des flèches ou à lancer des pierres, s'opposent au débarquement ! Alors Nassau s'avance vers eux, leur fait des démonstrations d'amitié, puis M. de Kerhué leur offre des mouchoirs, quelque quincaillerie…

De son côté, Vivès observe l'habitant.

– Pas très gracieux, cette peau rougeâtre fumé ! Qu'ils sont vilains de figure ! Ces peintures en rouge, noir et blanc les font ressembler aux vieux singes de nos colonies. Et ces dents noires, couvertes de tartre ! Dites donc ! Le goût de la toilette a percé jusque dans ces parages ! Voyez-moi ces pendants d'oreille en écaille de tortue larges comme une semelle de soulier, ce morceau de nacre mis en lunette sur le cartilage du nez qui leur bouche presque les deux narines ! Par-dessus le marché, ils ont tous le corps couvert de gale et de lèpre[1].

1. Cette terre prendra le nom d'île aux Lépreux.

Les femmes n'excitent pas moins sa verve :

– Il y en a deux de passables, mais les trois autres sont abominablement laides. Et ce sont juste ces trois-là qui sont nues ! Pas de chance.

« Est-il tellement plus beau, lui, ce grand escogriffe ossu avec ses pieds en canard et ses dents qui rayent le sol ? » songe Jeanne. Elle admire la façon qu'ont les femmes de porter sur le dos un enfant lové dans une longue écharpe à beaux dessins cramoisis. Cela leur laisse les mains libres ! Elle n'a rien vu d'aussi pratique dans le pays d'où elle vient.

Les efforts de ces messieurs sont récompensés : les matelots peuvent se mettre sans risque à couper du bois. Sauf les cocotiers, jalousement gardés.

Sitôt débarqué, Vivès va cueillir des fruits. Quant aux amants, ils trouvent à herboriser tout près de la plage, mais leur situation est trop critique pour qu'ils puissent se permettre ne serait-ce qu'un regard de complicité. Non loin, des domestiques étendent leur lessive.

La jambe de Philibert le fait bientôt grimacer de douleur.

– Il faut vous reposer, Monsieur, décrète son valet.

Le maître hésite. Le valet insiste.

– Cela ne vous vaudra que du mal, Monsieur. Montez dans le canot, je cueillerai les plantes. Vous pouvez me faire confiance, Monsieur !

« Elle a raison », pense Philibert en proie à une douleur lancinante. Il part vers le canot.

Jeanne cueille de tout son cœur, met les bouchées doubles. Tout à sa tâche, elle n'entend pas les domestiques, Guillaume en tête, surgir à pas de loup dans son dos. Ses pistolets, restés dans la chambre, lui auraient-ils servi ? Pas sûr. Au moins six hommes, ses compagnons de nuit, l'empoignent, la maîtrisent, la neutralisent avant qu'elle ait le temps de dire ouf. Elle a beau se débattre de toutes ses forces, rien n'y fait, les gredins bloquent ses bras et ses jambes.

Guillaume tire alors d'un coup sec le pantalon de Jeanne, et les assaillants voient ce qu'ils voulaient voir. Ils rient. Elle hurle de toute sa poitrine martyrisée.

Commerson peut-il l'entendre ? Accourra-t-il assez vite, malgré sa mauvaise jambe, pour la libérer ?

18

D'une île à l'autre
23 mai 1768

– Au secours ! hurle Jeanne, sans se soucier cette fois du son aigu de sa voix.

Philibert peut-il entendre ses cris ? Hélas, non ! Les vagues mugissent trop fort autour du canot. Et puis il est occupé à crayonner. Mais Jeanne voit arriver François Vivès, qui fait fuir les domestiques.

– Fichez le camp, bande de gredins ! Venez nous aider aux fruits si vous n'avez rien de mieux à faire !

Il tient encore en main la noix de coco qu'il cueillait lorsqu'il a entendu les cris, la regarde comme s'il ne l'avait jamais vue, et la laisse tomber. Jeanne récupère lentement ses esprits.

– Allons, allons, remue-toi ! lui dit-il en la relevant. Y a pas mort d'homme, observe-t-il d'un ton si rogue qu'elle doit faire un effort pour le remercier.

Il ramasse sa noix de coco, et disparaît.

Elle rajuste son pantalon, se mouche, reprend sa cueillette, le corps endolori et le cœur en lambeaux. La fureur se mélange à sa peine, car les brutes ont en plus piétiné une partie de sa récolte. Que va-t-il advenir à présent ?

Elle n'a guère loisir de s'interroger. Peu de temps s'est écoulé lorsque retentit l'ordre d'embarquer : on s'est aperçu que l'île est en guerre, car deux clans s'affrontent. Le bruit du tambour bat de plus en plus fort...

Pourvu qu'on ne soit pas pris dans la mêlée !

Tout juste M. de Bougainville prend-il le temps d'enterrer au pied d'un arbre l'acte de prise de possession de ces îles. À peine les Français font-ils retraite que les insulaires les gratifient d'une volée de pierres et de flèches. Et reçoivent des coups de fusil en échange.

Dans l'affolement, Jeanne n'a pas pu monter sur le canot où patientait Philibert. Elle le rejoint dans la chambre. L'aimant comme il l'aime, il devine aussitôt à son visage altéré que des faits graves sont survenus. Elle hoquette de douleur en les lui contant, mais il doit bientôt la laisser, meurtri à son tour. L'heure du souper n'attend pas.

À son retour, Philibert a pris une décision grave. Jeanne n'ira plus dormir avec les domestiques. Il la garde sous sa protection car ils n'ont plus rien à perdre. Et puisqu'ils n'ont plus rien à perdre, il va examiner ses contusions.

– Déshabille-toi... La bande aussi. Allonge-toi sur le lit.

Il se retient pour ne pas pleurer de chagrin à la vue des seins couverts d'ulcères et de croûtes. Quant au reste, Jeanne s'en tire heureusement avec de simples meurtrissures, sans blessure ouverte. Que sa peau est sèche ! Il saisit le flacon d'huile de feuilles de menthe, la masse des pieds à la tête, et il sent naître sous ses doigts la douceur satinée du corps d'antan, ce corps aimé qu'il désire jour et nuit. Alors il s'allonge auprès d'elle, et leurs corps se disent enfin tout ce qu'ils se sont retenus si longtemps de crier.

L'Étoile et *La Boudeuse* poursuivent une navigation erratique, s'éloignent l'une de l'autre, se rejoignent, perdent du temps. Les nerfs s'usent.

Bougainville est oppressé. Il sait se trouver dans la région où abondent les métaux et les épices qu'il doit rapporter à l'île de France, mais il n'en a pas repéré le moindre gramme. De plus, les provisions tirent à leur fin. On a réduit les rations. L'inquiétude défigure les visages. Le prince de Nassau et M. de Saint-Germain, l'écrivain de *La Boudeuse*, se sont résolus à manger un rat en cachette. Le scorbut fait des ravages, même parmi les officiers, pourtant mieux nourris que les équipages. Or, les documents emportés par le Capitaine vantent une certaine baie de Saint-Jacques et Saint-Philippe. Dont il parle au fort modeste souper, et qui retient l'attention de Commerson, invité ce soir à sa table malgré la pauvreté des mets. La disette n'implique pas que l'on perde les bonnes manières et que l'on se prive du plaisir de la conversation.

– Ce serait un bon port à l'embouchure de deux rivières. Leurs berges sont d'une beauté enchanteresse, garnies de fleurs et de verdure. La plage est large et plaine. Le rivage est couvert d'arbres jusqu'à la pente des montagnes. Celles-ci, aussi vertes que la plaine, sont séparées par de larges vallons fertiles. En un mot, il n'y aurait pas de contrées si belles en Amérique et bien peu qui l'égalent en Europe.

Que la terre leur manque, aux botanistes ! Qu'ils aimeraient respirer son air si doux, se rouler dans l'herbe grasse. « Jeanne – ils ont décidé qu'elle cessera désormais de comprimer ses seins – pourra se baigner dans une rivière », songe Philibert.

Aussi demande-t-il à embarquer avec *Bonnefoy* – l'appeler ainsi lui évite de définir son genre – dans le canot qui, avec les bateaux de *La Boudeuse*, part reconnaître une côte d'apparence accueillante. Des hommes en grand nombre font des signes sur le rivage. Ils sont tout noirs.

– Pas de place, réplique sèchement Landais, le patron du canot.

Commerson fronce les sourcils, va trouver La Giraudais, fait valoir qu'il faut récolter des plantes pour les scorbutiques.

– Mais bien sûr, cher ami, réplique le commandant. Je vais voir M. Landais.

– J'y crois pas trop, souffle Jeanne.

Elle a dans l'ombre tellement observé les hommes, leurs traits, leurs comportements, qu'elle lit dans leurs pensées.

En effet le commandant revient l'air navré. M. Landais est le patron du canot, rappelle-t-il. C'est lui qui décide, et aucun argument n'a pu le faire fléchir.

La mine de La Giraudais est si contrite, si chagrine, que même Commerson flaire la comédie. Ces deux Malouins sont complices en pacotille comme pour le reste, cela crève les yeux, et ils se sont moqués de lui.

– Ils ne l'emporteront pas en paradis, le console Jeanne. Et puis nous ne savons jamais ce qui est bien, ce qui est mal.

– Une chance de n'être pas partis sur ce canot ! reconnaît Philibert en fin de journée, avec une caresse pour Jeanne, après le retour de l'équipe.

Il n'aurait pas aimé être complice d'un crime. Landais a fait tirer sur les indigènes. Il y a eu plusieurs blessés et au moins quatre morts.

– Que s'est-il exactement passé ? demande le Capitaine à Nassau et Fesche.

Tous deux avaient pris place sur les bateaux de *La Boudeuse*, ils étaient donc aux premières loges.

– Les Nègres sont venus dans leurs pirogues nous montrer des fruits et nous inciter à aller en chercher à terre, conte Nassau. Et tout à coup, sans qu'on sache pourquoi, l'officier de *L'Étoile* a fait tirer, et plusieurs malheureux ont été tués. Je ne comprends pas ses raisons. Ils n'avaient fait aucun mouvement pour nous attaquer.

– Il a tiré sans utilité, confirme Fesche.

Le tambour gronde.

Bougainville enrage.

Cet incident plus que stupide a fait naître l'hostilité, l'empêche de relâcher dans la contrée splendide, de refaire des provisions, peut-être d'obtenir des éclaircissements sur les terres et les arbustes qu'il recherche. Ils partent. Le temps est sombre. Ils louvoient dans la nuit orageuse.

Le 29 mai se lève sur une mer à l'horizon vierge de terre.

Soucieux de justice, et désireux d'établir l'état précis des vivres encore disponibles, le Capitaine se rend sur *L'Étoile*.

La Giraudais l'emmène dans la grande chambre afin qu'ils puissent parler seul à seul.

Or, la grande chambre est contiguë à celle du commandant, occupée durant ce voyage par Commerson. Jeanne s'y tient justement avec Philibert, et la cloison est si fine qu'ils ne perdent pas un mot de la conversation…

Bougainville manifeste son mécontentement à propos de l'attitude de Landais, et demande à l'interroger. La Giraudais fait venir l'officier, le prie de donner sa version. Landais plaide la légitime défense.

– J'ai tiré parce que les Nègres avaient l'intention de nous décocher des flèches.

– … « avaient l'intention », répète Bougainville, ulcéré, mais ils ne l'ont pas fait ! Nous sommes déshonorés par votre faute, Monsieur. Vous avez abusé de la supériorité de nos forces.

À peine Landais a-t-il quitté la pièce que M. de Bougainville ordonne à M. de La Giraudais de désigner un autre officier à la responsabilité du canot.

– Bien, Monsieur, répond le commandant de la flûte.

Un silence suit.

– Il est furieux, souffle Jeanne à l'oreille de Philibert. Landais est son ami. Il va chercher à se venger sur un ami ou un protégé de Bougainville.

Cela ne tarde pas.

– J'ai moi aussi, Monsieur, dit La Giraudais d'un ton cérémonieux, à vous faire part d'un fait assez singulier… Il s'agit du domestique de M. Commerson.

Le cœur battant, les amants l'entendent alors révéler :

– Depuis quelque temps, il courait un bruit dans les deux navires que le valet de M. Commerson était une femme.

– Celui qu'il appelle sa « bête de somme » ?

– Exactement, Monsieur.

– Cet être infatigable qui suit son maître dans toutes ses herborisations, que nous avons vu, chargé comme un mulet, s'acharner au milieu des neiges et sur les monts glacés du détroit de Magellan ?

– Tout à fait, Monsieur.

Et La Giraudais de raconter l'épisode survenu à Taïti, puis celui de l'île des Lépreux.

– Faites venir ce domestique, ordonne M. de Bougainville.

– C'est bien toi qui accompagnais ton maître sur les monts de Magellan ? s'assure le Capitaine en jetant sur Jeanne un regard chargé d'étonnement.

– Oui, Monsieur, répond-elle d'un mince filet de voix, les jambes molles, s'attachant à prononcer « Monsieur » ainsi qu'il convient.

Il l'observe en silence. Cherche-t-il la femme en cet être doué d'une force hors du commun ? Sans doute ressemble-t-elle plus à un valet qu'à une femme plaisante à regarder.

– Quel est ton nom de naissance ?

Chercher plus longtemps à travestir la vérité ne servirait en rien à Jeanne, dont les seins pointent à présent sous la chemise.

– Jeanne Baret, Monsieur.

Une laide expression de triomphe éclate sur le visage de La Giraudais. Bras croisés, pieds écartés, il se livre à un mouvement continu qui le fait alternativement monter sur la pointe des pieds et redescendre sur les talons.

Jeanne ne peut empêcher les larmes de couler. Douleur d'avoir raté son pari et mis Philibert en danger.

– Que fais-tu sur ce navire ?

Innocenter Philibert à tout prix !

– Il y a fort longtemps, Monsieur, que je vis sous le déguisement d'homme. J'étais orpheline, sans le sou, et il m'est apparu que cet artifice me permettrait de gagner plus aisément quelque argent. Je suis devenue laquais chez un Genevois établi à Paris. Mon maître est mort, et j'ai eu envie de voir la mer. Je ne la connaissais point, étant née en Bourgogne. Arrivée à Rochefort, j'ai vu *L'Étoile* prête à appareiller pour le tour du monde, et ce voyage a piqué ma curiosité. J'ai appris dans une taverne que M. Commerson cherchait un valet, je me suis présentée à lui, et il m'a engagée sans se douter de ma condition. M. Commerson n'est coupable en rien, Monsieur. C'est moi seule qui suis fautive. Je vous en supplie, Monsieur, ne tenez pas rigueur à M. Commerson !

Elle défend le botaniste de toute sa fougue. Avec une ardeur si violente que soudain, elle le voit à l'étincelle qui d'un coup anime les yeux du Capitaine, il comprend qu'ils sont amants. Elle est allée trop loin…

Jeanne a beau tenter de se dominer, les larmes inondent ses joues. La ritournelle de malheur l'obsède à nouveau. « Cale… fers… fond de cale… fers… »

– Je verrai M. Commerson à une autre occasion, dit M. de Bougainville.

Et s'adressant à La Giraudais, il ajoute :

– J'entends que cette personne soit respectée d'ici là. Mais pour l'heure, nous avons plus important à faire, M. de La Giraudais. Faites venir l'écrivain et le commis du munitionnaire afin d'établir et de noter les exactes quantités d'approvisionnement.

– Merci, Monsieur… bredouille Jeanne.

Son cœur est lourd. Les amants échappent cette fois à la punition, mais les lois de la Marine sont inflexibles et il est sûr qu'ils ne perdent rien pour attendre.

19

Vers l'inconnu
31 mai 1768

Sachant qu'ils ne perdaient rien pour attendre, les amants auraient pu s'éveiller chaque matin avec l'inquiétude au ventre, car Bougainville ne se manifestait pas. Mais une paix relative finit par les habiter.

– Il a d'autres chats à fouetter, dit Jeanne.

Cette fois encore, elle voyait juste.

Les viandes salées ont pourri, on leur préfère des rats. Les coqs ont inventé un nouveau ragoût : du cuir accommodé, provenant des *cueros* de farine, sacs chargés à Buenos-Aires ou à Montevideo, formés d'un morceau de peau de bovidé tannée avec son poil. À force de le laisser tremper, on parvient à le ramollir un peu, et on arrache le poil. Toutefois, ce ragoût plaît moins que les rats. À chaque repas, Jeanne mâche et remâche les aliments, quels qu'ils soient, jusqu'à ce que, liquéfiés, ils descendent de leur propre chef dans le gosier. Ils donnent ainsi l'impression de durer plus longtemps.

Caro, qui a félicité Jeanne pour son cran, l'appelle maintenant Jeannette et lui témoigne une sorte d'amitié.

Par lui, elle apprend l'état des provisions. Les réserves des deux navires se montent à trois mois de pain, à peine un mois de bois et d'eau.

Les explications de Caro sont toujours très techniques. Il commente le paysage, la longue chaîne de hautes montagnes qui à présent se déploie à l'horizon sans espoir d'abordage. Il se ronge les ongles plus que jamais, car la lenteur de *L'Étoile* retarde *La Boudeuse*. Une nouvelle voie d'eau est apparue. Elle oblige les hommes à pomper toutes les heures. Le temps est noir, orageux. La mer est grosse. Des cordages rompent.

Le 4 juin, à onze heures du soir, la frégate signale à la flûte des écueils tout proches, trop proches ! La mer se brise contre une curieuse petite île[1]...

– Quelle densité d'oiseaux ! s'étonne Commerson.

Les navires évitent l'îlot de justesse. Pareille aventure se répète deux nuits plus tard, sous la pluie et les rafales de vent, alors que la bande de roches était à peine visible. On risque à tout instant de se fracasser.

Vivès, devant son maigre plat de vieux lard malodorant et de fèves desséchées, ne cache pas ses regrets.

– C'est à Cythère qu'il aurait fallu rester ! Les anciens scorbutiques sont retombés malades et il y en a de nouveaux. Ils attendent une relâche comme les Juifs le Messie. Si nous échouons sur l'un de ces bancs, nous devrons renoncer à voir notre patrie, et mourrons dans le désespoir, la soif et la faim.

– Les Taïtiens auraient détruit nos vaisseaux ! objecte Commerson.

1. *La Boudeuse* s'approche à bonne allure de la Grande Barrière de corail qui s'étend à l'est de l'Australie sur plus de 2 000 kms ! Bougainville va passer à côté des terres dont il espérait tant.

– Ceux qui ne se seraient pas décidés à rester là-bas, réplique Vivès, ils auraient pu construire une goélette avec les débris, se rendre d'île en île et atteindre un continent.

Un mois presque entier s'écoule. Un mois de privations, de peur, de faux espoirs et de vraie terreur. Les provisions tirent à leur fin.

– Nous voilà embourbés jusque par-dessus la tête sans savoir quand nous nous en tirerons, résume Caro, pinçant et repinçant la peau de son menton devenue flasque.

Seul son sens de la hiérarchie l'empêche de critiquer ouvertement les choix du Capitaine.

Bougainville avait à cœur de trouver la fameuse baie de Saint-Jacques et Saint-Philippe. Il décide de renoncer. Les équipages sont dans un état de santé qui tient du miracle. Si par malheur les vaisseaux s'affalent sur une côte dangereuse, de surcroît dépourvue d'eau, de bois, de denrées alimentaires, comment pourront-ils se relever avec les vents contraires qui sont de saison ? Il faudra un temps infini. Le découragement, la famine et la maladie auront écrasé les équipages.

La mort dans l'âme, le Capitaine ordonne de gagner le large et de remonter vers le nord pour gagner au plus tôt les îles Moluques, seul moyen de sauver ses hommes. Il doit se résigner à ne pas aborder la Nouvelle-Guinée. Il la voit pourtant s'étendre en magnifiques terres basses et boisées où brûlent des feux, et le vent lui en apporte des parfums suaves.

– Un pays qui paraît si fertile et si riche, se lamente Vivès accroché à sa longue-vue.

Lui et Commerson peinent à soigner le scorbut, les dysenteries, les fièvres putrides. Il faudrait nourrir ces malades correctement. Or, non seulement les rats ne se laissent pas attraper en assez grand nombre pour nourrir chacun, mais ils ont vidé un sac de farine.

Un autre mois s'écoule ainsi. Le 28 juin, M. de Bougainville demande qu'un canot de *L'Étoile* lui apporte de l'eau-de-vie, dont il manque depuis quelques jours. Il souhaite également voir M. Commerson.

Jeanne ira-t-elle aussi ?

Dans l'absence de précisions, Philibert exige qu'elle embarque avec lui. La navigation présente tant de dangers imprévus qu'il refuse de prendre le risque de se séparer d'elle. De plus, les privations ont installé un climat de défiance et de guerre intestine qui arme les uns contre les autres. Pas question de laisser Jeanne seule sur la flûte. Le nouveau patron du canot n'oppose heureusement aucune objection.

– Rien à manger et ne point dormir, dit Bougainville en accueillant Commerson sur le pont, ce régime donne de l'humeur ! Il nous fallait absolument un peu d'eau-de-vie.

Les amants sont anxieux, bien sûr, mais l'ont déjà été plus fortement. Est-ce le manque de nourriture qui leur vaut ce détachement, cette impression que, hors la mort, rien ne peut les atteindre ?

– Mon cœur est triste, monsieur Commerson, poursuit le Capitaine. M. Poivre m'a confié en secret la mission de rapporter des plants de muscade et de cannelle, mission pour laquelle j'ai tenu à votre présence auprès de moi ! Je sais maintenant que j'ai échoué.

La détresse lui fait descendre et monter la glotte. Cela n'échappe pas au médecin. Ému de sa peine, Philibert décide de lui faciliter la tâche en prenant les devants.

– Je suis désolé pour vous, Monsieur. Et d'autant plus désolé de vous avoir infligé le tracas que… qui… à propos de mon valet. Nous supporterons le châtiment qu'il vous incombe de nous infliger.

Bougainville se tait, immobile.

Un sourire triste apparaît enfin sur son visage fatigué.

– À quoi servirait, M. Commerson, dit le Capitaine en scrutant l'horizon, que je mette aux arrêts des personnes qui, de toute évidence, n'ont pas loisir de mettre pied à terre.

Jeanne se tient en retrait, mais ne perd pas une miette de l'échange. Elle comprend vite que le Capitaine ne fera pas de différence entre elle et Philibert.

– Quant à vous faire descendre en cale, ce serait stupide de ma part, vous êtes tous deux infiniment utiles à bord.

– Je ne sais comment vous remercier, Monsieur, dit Commerson, sincèrement ému. Veuillez m'excuser de vous avoir mis dans l'embarras en causant du scandale.

Bougainville allume sa pipe, en caresse le fourneau, tire longuement sur le tuyau.

– Pour être franc, ce « scandale » m'a sorti de l'or dinaire des désagréments qui m'assaillent chaque jour. Et l'exemple ne saurait être contagieux !

Il rit, et poursuit :

– Il n'y a pas eu d'autre scandale que celui d'avoir si mal logé à bord mademoiselle Baret. Elle vous a servi sans faille, et s'est conduite avec une sagesse scrupuleuse. Elle a gagné ses galons de marin…

Il tape sur l'épaule de Commerson, le raccompagne vers le canot.

– Ah ! dit-il encore d'un ton presque joyeux. Savez-vous que, lorsque nous aurons regagné la France, elle sera la première de son sexe qui aura fait le tour du monde ?

« Si jamais nous regagnons la France, songe Jeanne en voyant la mer déchaînée. Si nous ne faisons pas naufrage sur une île déserte. »

20

Vers les îles Moluques
29 juin 1768

Jeanne a toujours eu de l'intuition. Cette fois encore, elle a pressenti le malheur.

La faim règne à un point jamais connu des équipages. M. de Bougainville a dû interdire de manger le cuir dont on enveloppe les vergues, et autres vieux cuirs, qui provoquent des indigestions terribles.

Les parages sont critiques, et les nuits effrayantes.

– Aucun navigateur n'est jamais passé par ici, se lamente Caro qui s'évertue à serpenter entre les ilots.

La mer est si mauvaise qu'il faut fermer les écoutilles.

Autant de jours qui se lèvent, autant de nouveaux périls.

C'est d'abord l'absence de vent qui laisse la flûte à la merci d'une grosse lame.

Puis ce sont des Noirs, lançant des sagaies, qui empêchent les vaisseaux d'aborder une île désirable.

Le lendemain, La Giraudais croit distinguer un banc de poissons, ne s'en méfie pas. Il s'en faut de peu que *L'Étoile* ne percute ce qui est en fait un banc de sable. Heureusement que les matelots connaissent leur besogne !

La Giraudais était perdu dans des calculs. Combien d'eau attribuer à chacun, sachant qu'il ne reste que vingt jours de rations normales et qu'on ignore la date de la prochaine escale ?

Le 1er juillet, voici enfin une baie d'apparence accueillante ! Alors que les bateaux s'y enfoncent, apparaît tout à coup une formation de dix pirogues. Leurs passagers sont armés d'arcs, de lances et de boucliers. Soudain, ils cernent les navires d'un mouvement rapide, et attaquent. Les commandants font tirer, et les indigènes s'enfuient en abandonnant deux pirogues. Dans celle prise par *L'Étoile*, on trouve la tête d'un homme dont on a lieu de penser qu'ils l'ont mangé… La sagesse commande de s'éloigner malgré la joie qu'on se faisait de relâcher dans une baie aux eaux poissonneuses. Avec de petites îles où l'on voyait des tortues paresser à l'ombre de cocotiers chargés de fruits.

Aussi, cinq jours plus tard, cinq jours ardus, aborde-t-on l'île de Nouvelle-Bretagne dans un état de joie sans mélange. Or, quelle déception ! Certes, le paysage idyllique inspirerait plus d'un peintre, et certes on peut recueillir de l'eau, couper du bois et faire la lessive, mais ni cocos, ni bananes, rien de comestible ! En revanche, des serpents en pagaille… L'un mord un mousse de *La Boudeuse*.

Lorsque le chirurgien du navire annonce une mort fatale, Bougainville le renvoie et appelle Commerson. Les deux hommes veillent le garçon toute la nuit tandis que Jeanne lui fait doucement absorber des sucs de plantes. Loin de brouiller le Capitaine et le médecin, la découverte scandaleuse de l'identité du « valet » les a liés. Au matin, la vie a gagné. La joie illumine quatre visages blêmes.

C'est un grand soulagement pour le Capitaine, déjà doublement affecté. D'une part, en raison de la mort subite du tonnelier de *L'Étoile*. Bougainville ne le connaissait pas, mais il souffre d'avoir perdu un homme de son équipage, d'avoir dû l'enterrer sur un rivage perdu. L'autre motif d'affliction est la découverte d'une plaque de plomb portant une inscription anglaise… Carteret, le rival anglais dont Bougainville a déjà repéré la trace à Port Galant, a hanté ces lieux il y a moins de trois mois[1]… Pourra-t-il le rattraper ?

Une pluie continuelle n'arrange rien, affaiblit encore les malades. De nouveaux scorbutiques se déclarent chaque jour sur les deux navires. Les hommes qui partent en quête de nourriture reviennent trempés, les mains vides, découragés.

Même la pêche est ingrate.

Il y a bien des sangliers, mais ils ne se laissent pas attraper.

Quant aux choux palmistes, il faut les disputer à des fourmis énormes sans espoir certain de gagner. On tue force serpents, scorpions et une espèce d'animal peu engageant, aussi long que le doigt, portant une cuirasse avec des pointes saillantes, qui met le seul Commerson en joie. La variété des insectes, des perroquets, des tourterelles, des coquillages font oublier la faim au naturaliste, plus hâve et dégingandé que jamais.

Le 19 juillet, les navires sont prêts à appareiller lorsque la pluie en déluge, le tonnerre et le vent les en empêchent. Puis un tremblement de terre secoue les

1. En fait, dix mois plus tôt.

vaisseaux ! Chaque matin apporte un nouveau préjudice. Combien de jours encore sera-t-on bloqué sur cette terre splendide mais si peu hospitalière ?

– Telle est notre situation, résume Bougainville : souffrir du passé qui nous a affaiblis, du présent dont les tristes détails se répètent à chaque instant, et de l'avenir dont le terme indéterminé est presque le plus cruel de nos maux.

Des hardes vêtent à présent les deux équipages. Le Capitaine fait tailler le tissu de trente-cinq tentes en grandes culottes. Jeanne rapièce son pantalon et celui de Philibert avec des morceaux pris dans ses bandes de poitrine. Agréable petite revanche.

Elle admire le courage des matelots épuisés. Ils refusent de se laisser abattre, trouvent le soir la force de danser sur le pont. Du moins ceux qui tiennent encore sur leurs jambes.

– Hé, Jeannette ! lance l'un d'eux. Viens donc !

– Une autre fois, dit-elle pour ne pas se montrer désagréable, sachant toutefois qu'elle s'en gardera bien. Il faut que je prépare des potions pour les scorbutiques.

Le beau temps revient enfin le 24 juillet. On peut appareiller. Mais vers quelles vicissitudes ? L'expérience a montré qu'on doit s'interdire de trop espérer.

Début août, ce sont des altercations entre *L'Étoile* et des Sauvages. Des Sauvages dont on examine avec curiosité les espèces de rubans rouges passés dans le nez, les larges pendants d'oreille en nacre, les sagaies garnies d'un os humain, les feuilles d'arbres qui couvrent tant bien que mal d'« énormes et pendantes nudités… »

– Ils sont circoncis, affirme Vivès, lunette à l'appui. C'est la seule distinction qu'ils ont avec ceux qui ne le sont pas. Autrement, c'est la même négraille.

Hélas ! deux jours de suite, les rencontres se terminent par des coups de fusil, et plusieurs morts d'indigènes.

– Pour quelle raison avez-vous tant tiré ? demande M. de Bougainville ulcéré à M. de La Giraudais.

– Nous étions environnés de pirogues et avons été la cible de pierres, Monsieur. Ils les lançaient à la main et à la fronde. J'ai été obligé de faire feu.

Ces mots indignent Jeanne qui, depuis la chambre, a entendu la conversation des commandants. Certes, l'un des Sauvages a escaladé le navire pour s'emparer d'un panier pendu sous les fenêtres de la grande chambre… Mais les gens de *L'Étoile* ont ensuite cherché à tromper les Nègres auxquels ils achetaient des fruits. Une dispute s'en est suivie, et La Giraudais a commandé de tirer. Voilà pour la première fois. Le lendemain, on visa sans préambule sur des malheureux qui ignoraient tout des incidents de la veille. Jeanne a vu comment on a tué un jeune homme, qui s'était empressé de nager vers un vieillard blessé, à l'instant où il le sauvait.

« Les gens de chez nous sont plus cruels que les Sauvages », songe-t-elle, écœurée. Dire qu'au départ, elle a voué son estime à M. de La Giraudais en raison de son apparence policée ! Il est beau en dehors, vilain en dedans.

12 août. Orage, pluie, éclairs, tonnerre tout au long du jour. Rengaine infernale.

Les salaisons dégagent une odeur insupportable lorsqu'on les dessale. En d'autres temps, on les aurait jetées depuis longtemps.

La maladie étend ses ravages.

Journal de François Vivès : « Le 21 août à quatre heures et demie, le canot de *L'Étoile* est allé chercher l'aumônier de *La Boudeuse*. C'était pour administrer deux scorbutiques moribonds, que nous condamnions à ne pas passer la nuit, sans pouvoir leur donner autre chose que de l'eau-de-vie. Ces deux sont accompagnés de vingt autres arrêtés, et le reste de l'équipage est fort avarié. »

Deux jours plus tard, le scorbut arrache à la vie Denys Couture, maître d'équipage sur *La Boudeuse*.

« Ça ne consolera pas sa femme de savoir qu'il a été jeté au large du cap de Bonne-Espérance et de la Nouvelle-Guinée », songe Jeanne, alors qu'on fait glisser dans l'eau le corps lesté d'une pierre.

Quant aux équipages, ils sont pressés de voir s'achever le service funèbre. Une île proche retient leur attention. Les lunettes y laissent apercevoir un village… D'ici quelques heures, la famine ne sera plus qu'un mauvais souvenir.

Bougainville envoie chaloupes et canots pour rapporter d'amples provisions, et des chants joyeux s'élèvent à bord des vaisseaux dans l'attente de leur retour. Or, après avoir contourné l'île, les hommes constatent qu'une barre les empêche de débarquer. Qu'à cela ne tienne ! La perspective d'obtenir des vivres excite leur courage. Ils se mettent à l'eau jusqu'à la ceinture, y compris ceux qui ne savent pas nager. Hélas, ils ne trouvent sur la grève ni habitants, ni provisions ! Ce qu'on a pris de loin pour des cases, ne sont que des roches minées par la mer et creusées en cavernes.

Le jour même, on mange les derniers légumes secs. Et personne ne ferme l'œil de la nuit. Le détroit semé d'îles est au dire des experts plus dangereux encore que celui de Magellan.

« En sortirons-nous vivants ? » s'interroge Jeanne. Et Philibert : « Reverrai-je mon enfant ? » Tous deux songent : « S'il faut mourir, que nous puissions au moins mourir ensemble. »

Le 27 août, arrive un canot de *La Boudeuse*. Il transporte Lemoyne, fier d'être passé garde de la Marine, qui apporte en toussant les instructions du Capitaine.

« Il y a peu de chances pour que sa toux le lâche avec pareil régime, songe tristement Jeanne. Il n'était déjà pas bien gros. Il n'a plus que la peau sur les os. »

M. Commerson est prié de visiter la grande île qu'on distingue au loin afin de chercher de la muscade et autres épices, ainsi qu'un bon mouillage. L'optimisme du Capitaine lui sert de défense contre les coups du destin. Le botaniste et Jeanne partent donc pleins d'espoir avec l'officier Lafontaine.

Hélas ! ni muscade, ni épices, ni mouillage…

Ils vont retourner, désappointés, lorsque Jeanne aperçoit une pirogue. Un homme se dirige droit vers eux. Un anneau d'or brille à l'une de ses oreilles. Il approche en douceur et, sans un mot, vient tâter le bois de leur canot. Sa mimique laisse comprendre qu'il n'en reconnaît pas l'essence. Il rit, et chacun rit avec lui.

Les Français s'intéressent beaucoup moins au bois de la pirogue qu'à son contenu. L'indigène transporte une tige de bambou emplie de farine, une grosse boule de pâte et quantité de mangues… Lafontaine lui échange le tout contre un mouchoir, un couteau, un miroir, et l'homme repart en chantant.

– Suivons-le ! ordonne vivement l'officier.

L'île où ils aboutissent est, hélas ! aussi déserte que les autres.

– Sans doute un esclave fugitif, conclut Commerson, dépité.

Ses yeux experts découvrent alors un petit carré d'herbes antiscorbutiques. C'est mieux que rien. Ils débarquent, Jeanne les cueille, puis ils prennent le chemin du retour. M. de Bougainville sera déçu.

C'est alors que Lafontaine aperçoit de belles tortues au large. On ne va pas rater cette aubaine ! Les matelots font force de rames, et l'officier en tue une qui pèse bien cent cinquante livres. Ce qui leur vaut un retour triomphal sur *L'Étoile*.

Le soir, M. de La Giraudais invite M. de Bougainville à venir manger sa part de tortue au souper. Le Capitaine refuse.

« Peut-être aurait-il fallu lui en porter un peu, et même la moitié, songe Jeanne. Ç'aurait été justice. »

« Il y en a eu pour donner à tout l'équipage et pour quatre jours aux malades, note Vivès dans son journal, ce qui a sauvé la vie à deux pauvres malheureux. » L'humeur est d'autant plus joyeuse qu'à midi, M. Caro, ancien lieutenant de la Compagnie des Indes, a conclu en observant le soleil :

– Sa hauteur prouve que nous sommes enfin dans la mer des Indes.

La jubilation illumine tous les visages ! On pourra bientôt dire adieu au monde inconnu. Les navires avanceront désormais à travers des mers fréquentées des Européens, jalonnées par leurs comptoirs. Fin du cauchemar ! Belle vie en perspective !

Philibert sourit à Jeanne, et songe à l'instant où il serrera son fils contre lui.

21

De Boero à Batavia
1er septembre 1768

Nul doute que la belle vie s'annonce. Caro a entendu dire que le Capitaine compte relâcher à l'île de Ceram. Cela lui semble un excellent choix.

Dès le milieu de la nuit, alors que la pointe de l'île se dessine à plusieurs lieues, une délicieuse odeur de plantes aromatiques s'en exhale. On distingue une longue côte boisée, une masse de cocotiers et de fort jolies cases. Peut-être sera-t-on aussi bien accueillis là-bas qu'à Taïti. Mais ô, surprise, les bateaux indigènes qui voguent dans la baie s'écartent à toute allure des vaisseaux, et leurs équipages filent se réfugier à terre !

La flottille de M. de Bougainville arbore pourtant pavillon et flamme aux couleurs de la Hollande, la nation qui gouverne cette île ! Et on a tiré un coup de canon pour saluer ! Qu'est-ce à dire ? Les gens de Ceram n'aiment-ils pas leurs maîtres ? Ou ceux-ci leur interdisent-ils de commercer avec des étrangers[1] ?

1. Les habitants de Ceram sont en fait entrés en guerre avec les Hollandais.

Dans le sillage de *La Boudeuse*, *L'Étoile* laisse tristement l'île de Ceram derrière elle. Et d'autres îles qui défilent.

Quand donc M. de Bougainville donnera-t-il l'ordre d'aborder ? Alors que les hommes peinent à tenir debout et que la moitié des équipages est sur le flanc. Alors que les vivres dégagent une odeur cadavéreuse.

Personne n'y comprend rien. On fait triste mine sur *L'Étoile*. Commerson le premier. Le botaniste sait que l'île de Ceram dispose des plantes recherchées par M. de Bougainville.

Les véritables raisons d'avoir dépassé l'île de Ceram n'apparaîtront que plus tard. Sans aucune nouvelle de l'Europe depuis plusieurs mois, M. de Bougainville craint une guerre de la France avec l'Angleterre. De quel côté se rangeront dans ce cas les Hollandais ? S'ils s'allient aux Anglais, les vaisseaux français seront reçus en ennemis.

Le Capitaine spécule. Ceram est trop grande. Il lui faut trouver un petit comptoir qui ne puisse opposer de résistance aux canons de ses deux navires. Un petit comptoir où, si les vivres lui sont refusés, il pourra les prendre par la force. Car il lui faut impérativement acquérir aujourd'hui même de quoi boire et manger. Sinon ses hommes mourront d'épuisement.

Il s'avance déterminé vers Cajeli, un bourg au fond d'une baie de l'île Boero.

Toutes les lunettes de *L'Étoile* sont aux aguets. La vue du bourg, de vaisseaux à l'ancre, de bestiaux errants dans les prairies, causent de puissants transports de joie.

– Les premiers Européens rencontrés depuis notre départ du Rio de la Plata ! s'exclame Vivès. J'espère qu'ils auront pour nous quelque honnête charité.

M. de Bougainville met pavillon en berne et tire un coup de canon pour demander un pratique, mais… aucun n'apparaît. Il envoie alors ses gens sonder les fonds, et se félicite de sa prudence quand ceux-ci signalent une chaîne de roches mêlées de corail. Après avoir avancé pas à pas, *La Boudeuse* et *L'Étoile* finissent par mouiller côte à côte. Les vaisseaux jettent l'ancre lorsque deux soldats hollandais, dont l'un parle français, viennent spécifier que l'entrée de ce port n'est permise qu'aux seuls vaisseaux de la Compagnie des Indes néerlandaises et qu'il faut appareiller sans délai… Le Capitaine ne se laisse pas impressionner. Force courrier est échangé avec les autorités. Sans résultat. Faudra-t-il en venir aux armes ?

Sur *L'Étoile*, on se lance des regards désespérés. Pourquoi n'aborde-t-on pas ? La faim gonfle douloureusement l'estomac, les intestins, fait ruisseler de sueur, brouille la vue, ramollit les jambes. Jeanne elle-même peine au moindre effort. Des officiers au menton sali de barbe n'ont plus la force de se raser.

Avant d'employer la violence, M. de Bougainville écrit une dernière lettre et la confie cette fois à l'un de ses officiers, le chevalier de Kéruhé. Ayant décrit l'état de ses équipages, il en appelle à l'humanité du résident, maître des lieux, et laisse entendre qu'il est résolu à utiliser ses canons si besoin est. Il sait que le visage émacié du chevalier en dit plus long que tous les discours.

Le chevalier disparaît, et on voit bientôt un capitaine et un lieutenant hollandais monter à bord de *La Boudeuse*, en faire le tour pendant plus d'une heure, fouinant dans les cales et les soutes. Que cherchent-ils ?

Les voici qui abandonnent enfin la frégate et se présentent sur *L'Étoile*.

– Je viens voir s'il n'y a rien d'anormal, dit le capitaine.

– Anormal ? s'offusque La Giraudais. Dans quel domaine ?

Commerson a compris :

– Le capitaine désire s'assurer que nous ne transportons aucune épice, soit en plant, soit en graine, soit en fruit.

Heureusement qu'ils n'ont pas pu en prendre à l'île de Ceram ! Avant le départ, M. Poivre a révélé au botaniste que les Hollandais gardent férocement le monopole de la culture des épices. Détruisent sauvagement toute plantation qu'ils ne peuvent contrôler ou protéger de la contrebande. La Compagnie n'accepte pas d'entorse.

Il faut donc attendre que les officiers aient visité la flûte de fond en comble.

– On n'a pas vu reparaître le chevalier de Kéruhé ! observe Vivès qui trouve le temps long.

– Il mange, pardi ! s'amuse Jeanne.

– Jeannette, t'es une fine mouche, complimente Caro au retour du chevalier.

Les gestes éloquents du messager font en effet comprendre à tous qu'il s'est empli la panse et que leur tour ne va pas tarder. Plus tard on apprendra que, le voyant près de s'évanouir, le résident a appelé sa femme et lui a demandé de dresser une table pour le lieutenant français. Qu'ensuite toutes les personnes présentes s'étonnèrent de voir quelqu'un manger avec tant de plaisir et d'appétit.

Vers cinq heures, M. de Bougainville fait savoir qu'il souhaite la compagnie des états-majors pour rendre visite au résident. Sur *L'Étoile*, on les regarde partir avec envie. Combien de temps faudra-t-il encore attendre avant de se mettre quelque aliment sous la dent ?

Cela survient plus tôt qu'on ne pensait ! Le premier soin du Capitaine à terre a été d'envoyer aux vaisseaux de quoi faire souper les équipages. *L'Étoile* reçoit entre autres six belles volailles. Le chef les cuisine en ragoût pour qu'elles produisent davantage.

Le lendemain, on apprend que le résident a reçu les Français dans sa fraîche et jolie maison de façon chinoise, tout embaumée du parfum des fleurs. Elle est entourée de jardins et d'une jolie rivière. Une avenue la relie au bord de la mer. La femme et les filles du résident, habillées à la chinoise, ont fait les honneurs du logis, composé des bouquets et préparé du bétel, une pâte végétale que les gens d'ici mâchent et crachent sans cesse, et qui leur donne les dents noires comme du jais.

– Quel contraste, cette existence douce et tranquille, avec la vie dénaturée que nous menons depuis dix mois ! s'est exclamé M. de Bougainville.

L'hôte leur a offert un souper qui leur a paru être le meilleur de leur existence. Ils ont bu force bière. Les Hollandais s'extasiaient de leur voracité. Il faut avoir vécu pendant quelques mois de rats et de salaisons infectes pour se faire une idée du plaisir qu'ils éprouvèrent. Un officier accepta sept fois de la salade. Hélas !… « Comme bien l'on s'imagine, ceux qui avaient soupé à terre en furent quittes, pour la plupart, pour une petite indigestion », écrit dans son journal Vivès, vexé d'avoir dû se contenter de portions modiques.

Jeanne prépare avec bonheur des litres de tisane.

Aucune escale ne lui a paru aussi agréable que celle-ci. Elle veille à se conduire avec réserve, à rester pour chacun « le valet de M. Commerson », mais la liberté de ses seins dans sa chemise, ses seins qui commencent à guérir, lui procure une joie intense. Elle a repris sa voix naturelle, chante en marchant, en travaillant, heureuse d'avoir démontré qu'une femme peut aller où elle veut, se montrer aussi téméraire, endurante et endurcie qu'un homme. Elle va paisiblement son chemin.

Son bonheur est de s'échapper avec Philibert dans l'un ou l'autre vallon et de se baigner dans une rivière. La température est délicieuse. Les bosquets bruissent du ramage de perroquets bariolés. Il plane d'étonnantes chauves-souris. Mais gare aux crocodiles !

De retour au bourg, elle aide Philibert à soigner les malades que le Capitaine a fait installer à terre. Le bon air et les vivres frais leur permettent de remonter la pente. Une joie intense habite les équipages. Quant aux messieurs, ils chassent le cerf ou le sanglier, assistent aux soupers du résident qui les nourrit de nids d'oiseaux, d'oreilles de chauve-souris et de champignons de muscade.

Le 6 septembre, le Capitaine fait embarquer dix-huit bœufs, des moutons et des volailles, des cocos, des bananes, des pamplemousses, quelques limons, oranges amères, citrons et ananas. Il aurait volontiers ajouté des légumes si l'île en produisait. Il aurait volontiers emporté des épices, mais elles sont introuvables à l'état naturel. M. Commerson et sa « fille en homme », selon l'expression du Capitaine, ont exploré en vain la campagne. Le lendemain, on quitte le golfe. Les dernières terres de Boero disparaissent le 9 au coucher du soleil. Les vaisseaux s'engagent dans la navigation des Moluques à Batavia. On la sait périlleuse, mais les risques sont difficiles à évaluer, car les Hollandais gardent secrètes les cartes de ces parages. Est-ce pour mieux cacher les épices ?

Ah, les épices ! C'est une blessure vive, mais le Capitaine a-t-il dit son dernier mot ?

En attendant, un auxiliaire précieux lui tombe du ciel : il découvre à son bord un matelot de Fécamp, nommé Chapelle. L'homme vogue depuis quatre ans avec les Hollandais dans les Moluques, parle très bien le malais, connaît toutes les îles, déserte pour revoir sa patrie. L'arrivée du Messie n'aurait pas plus réjoui ses compatriotes. Ils prennent le départ rassurés.

Lorsque s'approchent des pirogues, Bougainville examine leur chargement avec une attention infinie. Les Indiens proposent poules, œufs, bananes, perruches et cacatoès. D'épices, point. Le Capitaine leur montre alors de la muscade et des clous de girofle. En possèdent-ils ? demande Chapelle. Oui, mais secs, et dans leurs maisons… Ils s'approvisionnent auprès des indigènes de Ceram. Ces insulaires refusent de laisser détruire leurs plants, ont chassé les Hollandais de leur île. Le Capitaine soupire.

Le mauvais temps bloque deux jours après les navires dans un goulet. Par endroits, le détroit n'est pas plus large que la longueur de la frégate. Difficile de démêler si l'on suit la côte ou si l'on navigue entre des îles. Le soir, les officiers de *La Boudeuse* ainsi que les botanistes descendent à terre afin de fouiller un bois. Las ! aucune découverte intéressante. Comme pour les narguer, un petit sac de noix de muscade sèches les attend sur la plage…

Des pirogues, le lendemain et les jours suivants, vont et viennent comme à une foire, chargées de victuailles, de curiosités et de cotonnades. À bord c'est l'abondance. Les vaisseaux sont garnis jusqu'aux hunes de volailles qui caquètent sans répit. Philibert acquiert un lori vert et bleu, lui présente une fleur. Jeanne regarde l'oiseau en aspirer le nectar avec une langue terminée par une sorte de brosse.

– C'est commode, admire-t-elle.

La nature l'émerveillera toujours.

Le 17 septembre, arrivent à bord de *La Boudeuse* cinq chefs de l'île de Button. Chacun s'accorde à les trouver laids mais élégants. Culottes longues, camisoles à boutons de métal, turbans. Bien que mahométans, ils sont ravis de goûter à la liqueur du bord, de boire successivement à la prospérité du souverain de Button, de la France, de la Compagnie de Hollande, et au succès du voyage entrepris par le Capitaine. Celui-ci, qui ne perd ni le nord ni l'espoir, leur demande entre deux rasades si leur île produit des épices… Ils répondent que non, et s'en vont. Pas très loin. Les voici sur *L'Étoile* !

– Ils sont hideusement laids, déclare Vivès après avoir observé les dommages causés à leur denture par le bétel.

La Giraudais leur offre du vin, qu'ils refusent, acceptent toutefois de boire de l'eau-de-vie. À la prospérité du souverain de Button, de la France, de la

Compagnie de Hollande, et au succès du voyage… Il faut les aider à regagner leur canot.

Du coup, *La Boudeuse* est à sec.

On profite d'un répit au large de la côte splendide des Célèbes, semblable à une immense plantation de cocotiers, pour échanger avec *L'Étoile* un baril d'eau-de-vie contre un sac de biscuit. Les vivres essentiels diminuent, mais personne ne s'en inquiète car Batavia[1] approche. Batavia, principal comptoir de la colonie hollandaise, capitale de l'île de Java, qui regorge de tout. Le plus riche entrepôt de l'univers. On ne manquera de rien. L'apaisement se lit sur le visage buriné de Caro.

– Nous sommes maintenant hors de la misère ! s'écrie-t-il. Que de fois j'ai cru que nous ne reverrions jamais notre pays !

Vivès pousse un énorme soupir de soulagement.

– Quelle douce satisfaction de ne plus craindre d'être dévorés par des anthropophages ou d'échouer sur une île déserte ! Nous pouvons maintenant songer au plaisir de revoir nos familles.

Jeanne et Philibert échangent un regard complice. Elle sait combien il a hâte de serrer son fils dans ses bras. Passeront-ils la Noël ensemble ? Ou seulement celle de l'an prochain ? En attendant, les navires atteignent Batavia le 28 septembre, et jettent l'ancre parmi une vingtaine de vaisseaux. On est ici le 29 septembre. Les navigateurs ont perdu un jour depuis la France et s'apprêtent à vivre une semaine à deux jeudis.

– Il y a profusion de tout à Batavia, dit Jeanne, même de jeudis.

1. Actuelle Jakarta.

Une découverte presse cependant M. de Bougainville de repartir au plus vite. Le navigateur anglais Carteret, apparu en juin à Batavia dans un vaisseau délabré, ayant perdu presque tout son équipage, a mis à la voile douze jours avant l'arrivée des Français.

On quitte donc Batavia à la mi-octobre, et dans un état d'esprit mitigé.

D'un côté, M. de Bougainville ne peut que se féliciter des largesses et de la gracieuse hospitalité des autorités néerlandaises. Avant d'appareiller, il invite le Gouverneur général et de hauts fonctionnaires à dîner à bord pour les remercier, et les reçoit à la française. Verve, élégance, abondance sont au menu. Le Gouverneur général, séduit par la cucurbite, demande la permission, aussitôt accordée, de faire dessiner le modèle. Le Capitaine lui enverra un mémoire sur son fonctionnement.

D'un autre côté, le séjour à Batavia a fortement déçu.

Certes la ville est belle. Ses maisons de brique ressemblent à celles de Hollande. Pignons, fenêtres à vitraux cerclés de plomb. Les rues grouillent de monde à pied, en carrosse ou autres voitures. Mais les canaux chargés d'immondices dégagent des odeurs pestilentielles, et leurs eaux stagnantes se couvrent d'un voile de moustiques qui diffusent des maladies mortelles. S'ajoute à cela une chaleur excessive. Dès sept heures du matin, faire trois pas dehors, c'est rôtir. Des gouttes de sueur perlent à la lisière des cheveux et s'abattent en pluie sur le visage. Sitôt à table, le beurre fond en huile. Il faut boire beaucoup. Or, l'arak, la bière et le vin, allongés d'eau pour un meilleur profit, provoquent des dysenteries qui envoient un homme en trois jours au tombeau. Il y a sans cesse des enterrements. Parmi l'« amas de nations », formule de Vivès pour englober Portugais, Hindous, Arabes, Chinois, Japonais, Malais, ce sont les Européens qui souffrent le plus. Nombre d'entre eux semblent des spectres.

Les médecins des vaisseaux ont dès l'arrivée sur l'île accompagné leurs vingt-huit malades dans un hôpital bondé. Il s'en ajouta chaque jour.

Sortir à pied de la ville était impossible. Voulant découvrir la campagne, Philibert loua une carriole crasseuse et chancelante, attelée de deux petits chevaux à grosse tête.

– Ils ont le ventre ballonné, observa Jeanne.

Hors des murailles, ils découvrirent une riante ville nouvelle où résidaient les Hollandais soucieux de fuir chaque soir la cité insalubre. Des maisons à larges baies s'épanouissaient au cœur de jardins débordant de fleurs équatoriales.

Plus loin encore, des allées d'abricotiers traversaient des plantations de sucre et de café, des champs de riz. Bientôt se fit sentir le parfum subtil d'aromates. Victoire ? Hélas, non ! Des militaires veillaient.

Et quel était ce froid qui descendait soudain sur leurs épaules ? Philibert et Jeanne retournèrent au plus vite sur le bateau. Du jour au lendemain, on mit les vêtements d'hiver.

L'odeur des épices flatte encore leurs narines juste avant le départ. Une fois par an les autorités brûlent les invendus ! Des soldats extraient d'un entrepôt des sacs cachetés qu'ils jettent sur un bûcher. Une troupe en armes cerne les lieux.

Avec l'odeur des épices, la moutarde monte au nez de MM. de Bougainville et Commerson, furieux de revenir bredouilles. Dire qu'ils devront rendre les comptes à la prochaine escale, en île de France, où M. Poivre les attend !

Le Capitaine remue ces sombres pensées en guettant la fin du chargement de *L'Étoile*. Il songe aussi à son rival Carteret. Celui-ci n'a plus qu'un mois d'avance. Il doit pouvoir le rattraper… Mais pourquoi le chargement de *L'Étoile* met-il si longtemps à s'accomplir ?

22

Île de France
8 novembre 1768

Pourquoi le chargement de *L'Étoile* mit-il si longtemps à s'accomplir ? Et pourquoi la flûte fut-elle ensuite si lente que M. de Bougainville, excédé, s'abstint de l'attendre ?

Il gagne une journée sur elle.

À bord de *L'Étoile*, Philibert et Jeanne ont observé la nervosité de M. de La Giraudais. Tout juste s'il n'est pas entré en colère à la mort d'un domestique parce qu'il fallait mettre en panne le temps de le jeter à la mer.

Ce domestique était Guillaume. Jeanne l'a presque guéri de sa gale mais, suite d'une galanterie, une fièvre putride s'est emparée de son corps affaibli par une débauche d'eau-de-vie. Elle est heureuse d'avoir pu se réconcilier avec lui. Les derniers mots de Guillaume ont été pour elle.

« T'es une brave fille, Jeannette. J'aurais bien voulu en marier une comme toi. On aurait pu tenir un petit café. »

Qu'il tarde maintenant à Commerson de revoir la France, son fils et ses vieux parents ! Port-Louis, capitale de l'île de France[1], est la dernière escale. Ensuite ce sera Brest ou Rochefort, et la fin du tour du monde. Une boucle de bouclée.

Port-Louis est bâtie au fond du port, à l'orée d'un vallon dominé par de hautes montagnes hérissées de rochers. Des herbes brûlées leur noircissent les flancs, on est à l'entrée de l'été. Mais l'heure n'est pas à la botanique. Il faut mener à l'hôpital vingt-cinq officiers et matelots de *L'Étoile* atteints de scorbut, de dysenteries et d'affections pulmonaires. Ils y rejoignent les cinquante-cinq de *La Boudeuse*. Parmi eux, le jeune Lemoyne et le chevalier du Bouchage, qui a contracté une maladie à Batavia.

Commerson leur dispense des soins le jour, termine la nuit de rédiger un mémoire sur les épices à l'intention de M. Poivre. Il ne ménage pas sa peine car il veut, une dernière fois, contenter absolument M. de Bougainville auquel il voue une extrême gratitude pour sa compréhension. Sa jambe le fait à nouveau souffrir, et si fort qu'il doit s'appuyer sur Jeanne pour marcher. C'est mort de fatigue qu'il apprend du Capitaine la nouvelle forfaiture de La Giraudais.

M. de Bougainville a décidé de faire caréner les deux bateaux à Port-Louis afin d'être sûr de regagner la France dans les meilleures conditions. Ce que n'avait pas prévu le forban. Alors qu'on déchargeait la flûte pour le radoub, sont apparues d'énormes provisions d'arak et de sucre engrangées à Batavia. En même temps, M. Poivre a découvert que La Giraudais les vendait ici pour son compte personnel.

– Les marchandises qu'il a prises à Rochefort pour l'Amérique du Sud l'ont tellement retardé qu'il a risqué

1. Actuelle île Maurice.

de nous faire rater le voyage, fulmine le Capitaine. Et s'il avait à la place chargé des conserves et des légumes secs ainsi qu'il aurait dû s'y employer, les équipages n'auraient pas connu des privations aussi dures. Et nous aurions pu mener de plus vastes explorations…

– … Et nous aurions pu nous attarder dans les îles à épices, l'interrompt le botaniste.

– Cette fois, c'en est assez. Il sera puni comme il le mérite. Sa traîtrise lui coûtera cher.

« La Giraudais traitera le Capitaine de tyran, songe Jeanne, alors que cet homme est bon et juste. »

Le 15 novembre, Commerson se tient, assez inquiet, au chevet du jeune Lemoyne lorsqu'un matelot vient le chercher. M. de Bougainville l'attend sur *La Boudeuse* avec M. Poivre. Les retrouvailles sont chaleureuses. L'intendant, qui est aussi un grand savant, pose sa main unique sur l'épaule du botaniste et le félicite pour la qualité de son mémoire. Avec les cartes précises de la mer des Moluques établies par le Capitaine, il possède maintenant d'excellents outils de travail.

– Nous vous avons fait venir, M. Commerson, dit Bougainville, car M. Poivre souhaite bénéficier plus largement de votre concours et…

La suite tombe comme un coup de massue.

– … il me demande de vous laisser en île de France.

– Il s'agira, explique M. Poivre dans la foulée, d'identifier toutes les plantes médicinales que produit l'île, d'en faciliter l'usage dans les hôpitaux, de remplacer celles qui viennent de France et que la traversée en mer altère.

Le botaniste n'est pas encore revenu de sa surprise qu'on lui assène la suite du programme. Il sera envoyé à Madagascar, où la France tente de s'établir, afin de reconnaître la flore de cette île. Enfin, d'ici moins d'un an, et en partie grâce aux renseignements précieux apportés par M. de Bougainville sur les Moluques, M. Poivre aura certainement réussi à introduire les épices dans l'île de France. Qui serait alors mieux désigné que Commerson pour collaborer avec lui à l'étude de ces plantes, en surveiller la culture chez les colons, et donner à ceux-ci des conseils éclairés pour les fixer dans l'île ?

Commerson se tait. D'un côté, la proposition l'intéresse et le flatte, d'un autre il brûle de revoir son fils. Il espérait trouver à son arrivée une lettre de l'abbé. Rien.

Poivre et Bougainville insistent. Une année suffira. Personne n'est aussi qualifié que lui. La patrie se montrera reconnaissante. Le traitement du savant sera augmenté d'un tiers. On y ajoutera la table et le logement.

Peut-il refuser tant d'honneur ? Peu de botanistes auront connu une telle consécration… Et puis ressurgit la question qui le tenaille, dont il n'a pas dit mot à Jeanne : la justice royale sera-t-elle aussi clémente à leur égard que l'a été M. de Bougain-ville ? À bien réfléchir, un an passe vite, et le reste, ce ne sera guère plus qu'un voyage de Marseille à Paris. L'insistance de Poivre finit par électriser Commerson. Qui accepte.

Étrange journée que celle de ce 15 novembre. Comme Philibert, soutenu par Jeanne, monte en voiture pour retourner à l'hôpital, il s'entend saluer :

– Bonjour, M. Commerson !

La voix, inconnue, est sortie d'une guérite où un soldat monte la garde.

– Qui m'a nommé ?

Le soldat s'avance, dit qu'il est le fils d'un artisan de Châtillon.

– Je vous ai vu quand j'étais enfant, Monsieur ! se souvient-il.

Il a en effet l'accent bressois. Le cœur de Philibert bondit dans sa poitrine. Il redescend de la voiture. En un éclair passe devant ses yeux le château de Romans, à une lieue de Châtillon, où vivent ses parents. Le soldat les a-t-il rencontrés récemment ?

Le Bressois danse d'un pied sur l'autre, l'air embarrassé, et finit par révéler :

– Tout ce que je sais, Monsieur, c'est qu'à mon départ j'ai vu votre famille en deuil.

Philibert pâlit. Il serre les épaules du jeune homme.

– De mon père ou de ma mère ?

– Je ne peux pas vous dire, Monsieur. Tout ce que je sais, c'est qu'un cortège d'enterrement est parti de chez vous… Excusez-moi, Monsieur, dit encore le soldat avant de rentrer dans sa guérite.

Les larmes montent aux yeux de Philibert. Son père ou sa mère, lequel est décédé ? Il les chérit tous deux. Les visages bien-aimés défilent dans son esprit, et il voit tantôt l'un tantôt l'autre glisser au tombeau. Qui pleurer ?

En voiture, Jeanne lui caresse doucement la main, y dépose un baiser, la garde entre les siennes. Il pense qu'elle n'a pas eu la joie de connaître ses parents aussi longtemps que lui, et il s'efforce de reprendre pied.

Entre-temps, ils sont arrivés à l'hôpital, où le médecin compte poursuivre sa tournée au chevet des malades.

Ils rencontrent sous le porche M. de Bougainville qui les a précédés. Le visage du Capitaine est décomposé.

– Mauvaise nouvelle, dit-il. Le fils de M. Lemoyne vient de mourir. Que dirai-je à son pauvre père ? Je le revois me confier ce jeune homme ardent, ambitieux… Je lui ai promis de le lui ramener en bel officier…

Jeanne éclate en larmes.

– Et M. du Bouchage qui ne se remet pas, ajoute Bougainville d'un filet de voix.

N'ayant toujours aucune nouvelle de son fils, Philibert veut écrire rapidement une lettre à l'abbé Beau pour lui demander des comptes. Archambaud aura bientôt sept ans. Sans doute commence-t-il à apprendre l'écriture. Pourquoi l'abbé ne lui met-il pas une plume à la main afin qu'il trace quelques signes à l'intention de son père ? Pourquoi l'abbé n'a-t-il jamais donné d'indication sur les aptitudes intellectuelles de l'enfant et ses qualités de cœur ?

Commerson remet toutefois cette tâche à plus tard car il est invité à s'installer au plus vite chez M. Poivre. L'intendant lui offre une dépendance auprès de lui, dans sa propriété de Monplaisir, sise au quartier des Pamplemousses, à une dizaine de kilomètres du port. Lui-même souvent loge en ville, a-t-il expliqué à Commerson, dans ses appartements de l'Hôtel de l'Intendance, un édifice si ridiculement bâti qu'il ne peut héberger décemment une famille. Mme Poivre reste donc à Monplaisir, où ils aiment à recevoir sous la véranda, où de surcroît l'air est mille fois plus sain. Un air que les deux voyageurs éprouvés se réjouissent de respirer. Jeanne se met aussitôt à emballer. Collections diverses, livres, matériel, vêtements… Quel chemin parcouru depuis Rochefort, depuis ce jour où, valet de M. Commerson, elle disposait la chambre du commandant à l'usage de son botaniste bien-aimé !

Elle n'a pu trouver qu'une heure de repos dans la nuit, mais sa joie est un puissant viatique. Peu lui importent aussi les cahots de la mauvaise carriole qui, dans le soleil du matin, les mène à Monplaisir.

Ils croisent quatre Noirs transportant sur leurs épaules une espèce de litière enfilée d'un bambou, d'où s'élancent les cris joyeux de femmes et d'enfants vêtus d'étoffes colorées. « C'est un palanquin », révèle le cocher. La mauvaise qualité des autres voies, de simples chemins, interdit les voitures roulantes. Quant aux hommes, ils suivent à cheval.

Jeanne croit rêver en découvrant, dans la propriété de Monplaisir, la demeure que Philibert et elle occuperont, près d'un presbytère. Les pièces sont fraîches, tapissées de boiseries. Des domestiques sont affectés à l'entretien. La surface est assez vaste pour qu'on puisse entreposer commodément les collections de plantes, oiseaux, insectes, coquillages et quadrupèdes, et travailler à leur classement.

De bonheur, ils tombent dans les bras l'un de l'autre, s'étreignent et se laissent aller à un doux balancement, comme bercés par le vent.

– C'est l'angélus qui nous éveillera, dit Jeanne, avec un sourire de bien-être, fixant à travers la fenêtre de la chambre le clocher tout proche.

M. Poivre a tenu à leur faire dès l'après-midi les honneurs de son jardin. Ni verger, ni parc, ni parterre, l'espace présente un étonnant mélange de plaines, de bois, de collines, à l'image des jardins chinois que l'intendant a connus dans ses voyages. Soixante-dix esclaves y travaillent. Ils accueillent les visiteurs avec le sourire. Leur maître, apprend Philibert à Jeanne, a officiellement demandé aux autres maîtres de traiter avec humanité les esclaves, « des hommes semblables à eux », et de les instruire dans la foi chrétienne[1].

1. Discours au nouveau Conseil Supérieur de l'île de France, à son arrivée en l'île, en 1767.

Les arbres les plus curieux voisinent. Fruit à pain, letchi, manguier, badamier, mangoustan, cacaoyer, longanier. Philibert se réjouit d'ajouter les arbustes qu'il rapporte d'Amérique, de Taïti et d'autres îles de la mer du Sud. Et M. Poivre s'en réjouit avec lui. Leur coopération s'annonce joviale et fructueuse.

Un ruisseau serpente entre des allées de bambous. Jeanne se revoit, enfant attirée par l'eau, suivre un ru qui coulait entre deux allées de saules pleureurs. Elle reviendra ici à la première occasion, se promet-elle. Sa félicité serait à son comble sans un gros nuage à l'horizon : elle redoute de rencontrer Mme Poivre, à coup sûr une matrone sentencieuse, qui les attend pour le souper.

Jeanne devra tenir son langage, surveiller ses gestes et ses manières, rejeter tout ce qu'elle a dû assimiler afin de parvenir à passer pour un homme.

– Je n'irai pas, dit-elle à Philibert alors qu'ils sont rentrés chez eux pour se changer. Ce n'est pas ma place.

– Je comprends ton embarras, mon Jeanneton. Viens cette fois, je t'en prie. Après, tu verras.

Il la regarde d'un air tellement suppliant qu'elle accepte.

Autrefois, jupe et casaquin lui étaient plus commodes. Par habitude, sans doute. Or, Jeanne a découvert que son corps est plus libre en pantalon. Elle est décidée à continuer ainsi mais, pour l'instant, elle se félicite d'avoir à ses heures perdues taillé une robe dans une cotonnade acquise à Batavia. Oh ! c'est un modèle fort simple, comme on en voit dans sa campagne du Morvan, semblable à la robe que portait sa mère.

Ils parviennent devant la grande et belle maison de bois. Un majordome s'avance à leur rencontre. Jeanne panique. Philibert le sent, lui entoure les épaules. « J'en ai vu de pires », songe-t-elle pour se donner du courage. Et elle suit l'intimidant personnage vers le salon.

Mme Poivre reçoit ses invités à la lumière du soleil couchant. Elle est splendide. Elle a vingt-quatre ans. Lumineuse dans sa robe de mousseline blanche doublée de taffetas rose, elle accueille Jeanne avec un regard plein de gaieté, qui brille de complicité, et la serre dans ses bras comme si elles se connaissaient depuis longtemps. Subitement la vie prend des couleurs.

« Le bonheur, enfin ? s'interroge Jeanne, rassérénée. Le droit de mener mon existence comme je l'entends ? De vivre naturellement avec l'homme que j'aime ? De le suivre où bon me semble ? »

Si cela est, elle l'a bien gagné.

Épilogue

Le séjour au Port-Louis débute en effet dans la félicité. Cette joie durera-t-elle jusqu'au retour en France ? Et même après ? Pourquoi pas ? Qui sait de quoi les lendemains sont faits.

M. de Bougainville et *La Boudeuse* quittent l'île de France le 11 décembre 1768. Le Capitaine part très affecté par le décès du chevalier du Bouchage, mort dans ses bras. Le volontaire Fesche et l'écrivain Saint-Germain, hospitalisés à la suite d'une dysenterie attrapée à Batavia, lui feront également défaut. Sur la demande de M. Poivre, il se résigne à laisser Pierre-Antoine Véron dans l'île. Le pilote astronome pourra diriger la navigation dans les Moluques, et sera en mesure d'aller observer à Pondichéry le passage de Vénus du 3 juin 1769, ainsi qu'il le souhaitait.

Le Capitaine rattrape Carteret le 25 février, se déguise en lieutenant pour monter à son bord, lui sert des mensonges payés de retour, et le laisse derrière lui. Il aborde la France le 16 mars 1769 non pas à Brest comme prévu mais à Saint-Malo, en raison d'une faiblesse du mât de misaine. Après le retour de *L'Étoile*, il se réjouira de n'avoir perdu que treize hommes pour les deux vaisseaux. Un pourcentage alors exceptionnellement bas.

Ahutoru débarque avec lui. Présenté au roi Louis XV, le Taïtien incarne l'image du « Bon Sauvage » et devient la coqueluche de Paris. Il repart onze mois plus tard vers le Pacifique. M. de Bougainville dépense le tiers de son bien afin de le lui permettre. Arrivé à l'île de France, Ahutoru doit attendre une expédition vers Taïti. Hélas ! il attrape la variole et meurt dans d'atroces souffrances le 7 novembre 1771 au large de l'île de Madagascar. Son corps est cousu dans une toile et immergé selon le rite chrétien des marins.

Bougainville publie en 1771 son *Voyage autour du Monde par la frégate du Roi La Boudeuse et la flûte L'Étoile*. L'ouvrage connaît un grand succès auprès du public cultivé, qui en retient surtout les enchantements de la Nouvelle Cythère. Diderot s'en mêle en 1772, publie un *Supplément au voyage de Bougainville*, écrit à propos de Jeanne Baret : « Ces frêles machines-là renferment quelques fois des âmes bien fortes. »

Quant à *L'Étoile*, elle appareille de l'île de France le 1er janvier 1769. La Giraudais, tenu de verser une amende de près de quinze mille livres pour cent mille engagées dans son trafic, déclare avec fureur qu'il en appellera au Ministre. Cette fois, il ne pourra pas compter sur l'appui de M. de Bougainville ! La flûte désarme à Rochefort le 24 avril 1769.

Pierre Antoine Véron quitte l'île de France pour rejoindre Pondichéry, mais il n'y parvient que le 19 juin 1769. Trop tard pour consigner les observations du passage de Vénus sous le disque du Soleil, alors qu'il a embarqué dans ce but avec M. de Bougainville. Il ne se repose pas pour autant, détermine nombre de longitudes et navigue pour M. Poivre à la recherche des épices. Las ! il contracte une fièvre à l'île de Timor, en meurt au mois de juillet 1770.

C'est un grand chagrin pour Jeanne et Philibert. L'astronome était leur ami. Le botaniste lui dédie une fleur, une fleur en étoile qui se montre quelques heures seulement, parsemée de larmes sur fond noir, et il la nomme *Veronia tristi flora* afin qu'elle porte à jamais le deuil de cet homme charmant.

– Avec des efforts ordinaires, on rampe toujours dans la médiocrité, mon Jeanneton.

Ainsi répond Philibert aux reproches affectueux de Jeanne qui le voit user sa santé. Chaque jour, chaque nuit, il va jusqu'au bout de ses forces. Mais il est tellement heureux des conditions qui lui sont faites ! M. Poivre lui a adjoint un dessinateur, Philippe Sauguin de Jossigny. La science progresse entre ses mains. La framboise de Boero, la pomme de Cythère et la bougainvillée poussent désormais à Monplaisir.

Le botaniste ne dépense pas un sou. Une petite fortune l'attend donc avec la consécration parisienne. Il fourmille de projets : parcourir l'Amérique, visiter l'Inde, établir une Académie en île de France, acheter à Paris une maison près du Jardin du Roi.

Jeanne dit *amen* à tout, l'aide à mettre ses notes au point et à classer ses trouvailles. Elle le réconforte lorsqu'il apprend que les collections confiées à La Giraudais et Landais ne sont jamais arrivées en France. Que sont-elles devenues ? Jetées ? Vendues ?

À la fin de l'année 1769, paraît dans *Le Mercure de France* le récit que Philibert a envoyé à un ami. Commerson est ainsi le premier à répandre la nouvelle de la découverte de Taïti.

De son fils, toujours aucun signe. « Ne me procurerez-vous pas le plaisir de voir son écriture et les premiers mouvements de son cœur ? écrit-il à l'abbé Beau. Dites-lui que je viens de lui acheter le plus noir Mozambique qui ait paru depuis deux ans dans cette colonie. Il n'est guère plus âgé que lui et il pourra se l'attacher pour longtemps, sous la même condition toutefois que je l'ai acheté moi-même, c'est-à-dire qu'il lui fera oublier à jamais qu'il a été esclave. »

Philibert serait bien étonné si on lui disait qu'il traite Jeanne en esclave… Elle n'en voit rien non plus. Elle l'aime. Elle fait ce qu'elle doit faire. De toutes ses forces et de tout son amour. C'est tout.

Ainsi qu'il était à craindre, le corps de Philibert regimbe, ses forces le lâchent. Perclus de goutte et de rhumatismes, il doit s'aliter, sent qu'il lui faut s'arrêter, regrette de s'être laissé aller à un zèle immodéré. Il écrit ne rien désirer plus ardemment que son rappel en France. Mais aussitôt remis, et bien que peu ferme sur ses jambes, l'incorrigible botaniste embarque pour l'île de Madagascar. Son dessinateur Jossigny le suit. Et son assistant ? Ce sera Lislet-Geoffroy, un jeune Noir de seize ans, son herboriste attitré pour cette mission.

Jeanne reste donc à Port-Louis. Est-elle absorbée par les tâches de classement ? Philibert a-t-il voulu lui épargner les dangers du périple ? N'a-t-il pas obtenu, ou pas osé quémander, le financement du voyage d'une compagne qui n'a pas de statut défini ? On ne sait.

Madagascar éblouit le naturaliste. « Quel admirable pays que Madagascar ! écrit-il à Lalande. Les formes les plus insolites et les plus merveilleuses s'y rencontrent à chaque pas… » Il y séjourne deux mois et demi. Le retour en France enfin ? Pas vraiment. Un fort coup de vent l'oblige à relâcher à l'île Bourbon[1]. Un soulagement, car il ne tenait plus en mer. Il souffre d'autant plus qu'il s'est blessé grièvement juste avant d'embarquer. Le bateau repart sans lui. Entre deux crises, il va inspecter l'île et découvre un autre paradis terrestre…

Les autorités de l'île Bourbon ne doivent pas trop insister pour garder le botaniste sur leurs terres ! Il additionne les trouvailles, signale aux chirurgiens des plantes inconnues d'eux, qui font miracle. Sans doute se souvient-il des recettes de Jeanne. Bref, il restera une année entière à Bourbon ! Il escalade même un volcan, au risque de sa vie.

Lui arrive-t-il de penser à sa compagne ? Certainement, puisqu'il lui dédie un arbuste baptisé *Baretia bonnafidia*, autrement dit « Baret-Bonnefoy ». Dans une lettre à un ami botaniste, il parle d'un « arbrisseau charmant ». Mais c'est une plante étrange, avoue-t-il. À « caractère sexuel douteux ». Ses feuilles peuvent être oblongues ou presque carrées. « Cette plante aux atours ou au feuillage ainsi trompeurs, écrit Commerson, est dédiée à la vaillante jeune femme qui, prenant l'habit et le tempérament d'un homme eut la curiosité et l'audace de parcourir le monde entier, par terre et par mer. Tant de fois elle suivit les pas de l'illustre Prince de Nassau, et les nôtres, traversant avec agilité les plus hautes montagnes du détroit de Magellan et les plus profondes forêts des îles australes […]. Elle sera la première femme à avoir fait le tour complet du globe terrestre, en ayant parcouru plus de quinze mille lieues. Nous sommes redevables à son héroïsme de tant de plantes jamais récoltées jusqu'alors, de tant de collections d'insectes et de coquillages, que ce serait

1. Actuelle île de La Réunion.

préjudiciable de ma part, comme de celle de tout naturaliste, de ne pas lui rendre le plus profond hommage en lui dédiant cette fleur. »

Le retour de Commerson à l'île de France est amer. Son protecteur Poivre, lassé des cabales montées contre lui par un gouverneur à l'esprit mesquin, a demandé à regagner la France. Philibert tombe malade, s'alite trois mois sous la garde de l'infatigable Jeanne. Pendant ce temps, il se fait à l'idée de rentrer en France au mois de septembre 1772, par le même bateau que Poivre. Jeanne emballe, entoile, empaquette. Las ! une dysenterie attaque le naturaliste. Il reste quelques jours entre la vie et la mort. Le bateau part sans lui vers la France.

M. Maillart Dumesle succède à M. Poivre. Ce fonctionnaire se pique de botanique et se prend, en ce domaine, pour l'égal sinon le supérieur de Commerson ! Il l'expulse de la demeure que Poivre a mise à sa disposition, lui supprime ses appointements et l'assistance de Jossigny.

Les disgraciés se réfugient à Flacq, dans la maison d'un chirurgien ami. C'est là que, le 13 mars 1773, Philibert meurt dans les bras aimants de Jeanne.

Ignorant son décès, l'Académie royale des Sciences l'élit académicien une semaine plus tard. Trop tard.

Que va devenir Jeanne, âgée de trente-deux ans ? Veuve sans l'être, elle est désormais privée de soutien et de considération. Isolée, elle n'est plus admise nulle part. Clandestine, elle ne peut pas revenir en France. Forte de son courage habituel, elle ouvre alors un cabaret-billard à Port-Louis, en vit quelques mois, économise ce qu'elle peut. Puis doit fermer, condamnée à une lourde amende. Elle a servi de l'alcool le dimanche, et ses clients sont arrivés ivres à la messe.

Dans le testament rédigé juste avant son départ, Philibert a pris des dispositions en faveur de sa « gouvernante », et légué ses collections au Jardin du Roi. Comment s'y prendra-t-elle pour toucher son dû en France ? Et, ce qui l'obnubile par-dessus tout, comment s'y prendra-t-elle pour rapatrier les collections de Philibert ? Elle n'a accès à personne d'important, ne sait pas rédiger une lettre. Autour d'elle, c'est le désert. Un seul être lui apporte du soutien : Jean Dubernat, un soldat périgourdin. Il a été client de son café, il éprouve de la reconnaissance envers celle qui l'a guéri d'une mauvaise blessure, et il admire cette femme. C'est lui qui trouve la solution.

– Épouse-moi, Jeanne ! Je rentre en France au mois de juin, et je peux t'emmener si nous sommes mariés.

– Avec les caisses ?

– Avec les caisses.

Jeanne accepte le 17 mai 1774. N'est-ce pas le seul moyen de rester fidèle à son amant ?

Lorsqu'elle pose le pied en France, Jeanne est la première femme au monde qui a fait le tour complet du globe terrestre.

Elle rapporte avec elle trente-quatre caisses scellées. Jossigny, qui a pris le même bateau, l'a aidée à établir la liste des herbiers, animaux empaillés, pierres et minerais. Sur les cinq mille espèces de plantes, trois mille sont nouvelles. Jeanne et Jossigny font parvenir ce trésor au Jardin du Roi, où Jussieu est chargé de les mettre en ordre. Malheureusement, ce dernier n'honore pas sa mission…

Les collections de Commerson sont aussitôt l'objet de l'avide exploration de la plupart des naturalistes de l'époque. Chaque savant, dans sa spécialité, fouille sans scrupule un trésor que le véritable propriétaire ne peut plus défendre. Il en résulte qu'aucune autorité n'en dresse, n'en dressera jamais, le catalogue complet. Commerson devient la proie des prédateurs qu'il redoutait. N'avait-il pas écrit à un ami : « Il est dans la république des lettres, comme dans les ruches à miel, des bourdons lourds et oisifs qui ne vivent qu'aux dépens des abeilles actives et laborieuses. J'en ai déjà senti la dent famélique et perfide… »

Jeanne et son mari Jean vont vivre chez lui, dans la petite ville de Saint-Aulaye, en Dordogne. Le 3 avril 1776, elle reçoit la part d'héritage que lui a léguée Philibert par testament du 15 décembre 1766, juste avant de prendre la route pour Rochefort.

Le 13 novembre 1785, justice lui est enfin rendue par le Roi : « La nommée Jeanne Baret, à la faveur d'un déguisement, a fait le voyage autour du monde sur un des bâtiments commandés par M. de Bougainville. Elle se consacra particulièrement au service de M. de Commerson, Médecin Botaniste, et partagea les travaux et les périls de ce savant avec le plus grand courage. Sa conduite fut très sage et M. de Bougainville en a fait une mention honorable. M. Commerson étant venu à mourir, la nommée Baret, dont le sexe avait été reconnu, épousa le nommé Dubernat, ancien Bas officier de Régiment Royal Comtois. Aujourd'hui, la nommée Dubernat et son mari étant parvenus à l'âge qui amène les infirmités et ne pouvant plus subsister à leur travail, Monseigneur a bien voulu accorder à cette femme extraordinaire une pension de deux cents livres sur les Invalides et cette pension aura lieu à compter du premier janvier 1785. »

Jeanne s'éteint en 1807, âgée de soixante-sept ans, au lieu-dit Les Graves. On y connaît trois maisons à l'époque. Laquelle était la sienne ? Mystère. La femme extraordinaire repose au cimetière de Saint-Aulaye, mais nul ne connaît sa tombe.

Elle a désigné pour héritier Archambaud Commerson, l'enfant qu'elle a un temps élevé par amour pour Philibert. Elle est restée discrète et fidèle jusqu'à son dernier souffle.

La fleur que son amant lui avait dédiée ne porte plus son nom. Le genre avait été baptisé par d'autres quand elle revint en France. Mais des scientifiques américains s'émouvront en 2012 de cette injustice envers celle qui a tant contribué à l'essor de la botanique, et baptiseront en son souvenir une plante grimpante, récemment découverte en Amérique du Sud. Ce sera la *Solanum baretiae*.

Ainsi vécut la femme aimante et sage qui se voulait libre d'accompagner l'homme aimé jusqu'au bout du monde.

REMERCIEMENTS

Je tiens à remercier Philippe Maille pour avoir vérifié les termes de marine, ainsi que Philippe Prudhomme, président de l'Association des Amis de Louis-Antoine de Bougainville, pour m'avoir communiqué les plans de la flûte *L'Étoile*.

M. K.

Table

DU MÊME AUTEUR

Hôtel Riviera
Grasset, 1986

Rue du Roi doré
Ramsay, 1989

Shanghaï-la-juive
Flammarion, 1997

Les Fantômes de Zurich
Flammarion, 1998

Savannah
Flammarion, 1999

La Pourpre et le Jasmin
Éditions du Rocher, 2000

Le Schnorrer de la rue des Rosiers
Bibliophane, 2000
Publie papier, 2013

Le Grand Dragon
Bibliophane, 2002

Cacao
Bibliophane, 2003
Cairn, 2012

Moi, reine de Saba
Bibliophane, 2004

Le Roman de Séville
Éditions du Rocher, 2005

La Tragédie de l'Émeraude
15 janvier 1934, Saïgon-Paris
Éditions du Rocher, 2007

Le Petit Roman du mariage
Éditions du Rocher, 2010

Le Rabbin de Salonique
Éditions du Rocher, 2010

RÉALISATION : IGS-CP À L'ISLE-D'ESPAGNAC
IMPRESSION : CPI BRODARD ET TAUPIN À LA FLÈCHE
DÉPÔT LÉGAL : FÉVRIER 2015. N° 122073 (3008085)
IMPRIMÉ EN FRANCE

« LES GRANDS ROMANS » DE POINTS
DES ROMANS QUI TRAVERSENT L'HISTOIRE

L'Espionne de Tanger

María Dueñas

Sira, jeune espagnole passionnée, crée à Tétouan un atelier de couture qui fait le bonheur des riches expatriées. Talentueuse, elle devient vite leur confidente. Quand la guerre éclate, la maîtresse de l'ambassadeur d'Angleterre lui fait une proposition : être un agent des forces alliées. Témoins des alliances entre nazis et franquistes, les robes de Sira changeront-elles le sort de l'Europe ?

« Un merveilleux roman dans la meilleure tradition du genre, avec amour, mystère, tendresse, et personnages audacieux. »

Mario Vargas Llosa

« Un destin de femme peu banal sur un rythme trépidant. »

L'Express

« LES GRANDS ROMANS » DE POINTS
DES ROMANS QUI TRAVERSENT L'HISTOIRE

La Couturière
Frances de Pontes Peebles

Emilia et Luzia, les sœurs orphelines, sont inséparables. Un jour, Luzia est enlevée par les *cangaceiros*, de terribles bandits. Dans ce Brésil âpre et violent des années 1930, Emilia nourrit toujours un infime espoir : et si Luzia avait survécu ? Se cacherait-elle sous les traits de la Couturière, cette femme réputée impitoyable, devenue chef des mercenaires ?

« Un véritable petit bijou littéraire. »

L'Express

« LES GRANDS ROMANS » DE POINTS
DES ROMANS QUI TRAVERSENT L'HISTOIRE

La Rose pourpre et le Lys

Michel Faber

Dans les bas-fonds de Londres, à la fin du XIXe siècle, les hommes ne jurent que par Sugar, une prostituée sulfureuse et cultivée. William Rackham, riche héritier, en tombe éperdument amoureux et décide de l'entretenir. Sugar est sauvée de la misère, et bien décidée à ne plus y retourner. Mais face à la médiocrité d'une petite bourgeoisie moralisante, parviendront-ils à braver les interdits?

« Dans La Rose pourpre et le Lys, *Michel Faber peint, avec des mots contemporains, une somptueuse fresque victorienne. Comme un écho londonien à* La Comédie humaine, *de Balzac. »*

L'Express

Les Adieux à la reine

Chantal Thomas

Dans Vienne ruinée et humiliée par la victoire de Napoléon, Agathe-Sidonie, ancienne lectrice de Marie-Antoinette, se souvient. De l'année 1789. Du faste de la Cour, bien sûr. Et particulièrement, au lendemain de la prise de la Bastille, des derniers jours à Versailles auprès de cette reine si controversée, qui continue de la fasciner. Agathe-Sidonie s'est enfuie dans la nuit du 16 juillet 1789...

« Un pur régal pour les amoureux du siècle des Lumières et de Versailles. »

Historia

« LES GRANDS ROMANS » DE POINTS
DES ROMANS QUI TRAVERSENT L'HISTOIRE

Karitas, l'esquisse d'un rêve
Livre I
Kristín Marja Baldursdóttir

Karitas rêve d'être peintre. Dans la ferme familiale, perdue au fond d'un fjord d'Islande, elle dessine, comme son père disparu en mer le lui a appris. Vouée à saler les harengs, son destin bascule quand une mystérieuse artiste révèle son talent et l'envoie à l'académie des Beaux-Arts de Copenhague. À son retour, Karitas n'a qu'un souhait : monter son exposition et consacrer sa vie à l'art abstrait.

« Une fresque historique, sociale et humaine époustouflante. »
Atmosphères

« LES GRANDS ROMANS » DE POINTS
DES ROMANS QUI TRAVERSENT L'HISTOIRE

Antoine et Isabelle
Vincent Borel

En 1925 à Barcelone, Antonio et Isabel rêvent d'une vie libre, à l'image des utopies de leur temps. Ils sont entraînés dans le tourbillon de l'Histoire: Antonio combat pour la République espagnole, Isabel fuit le régime franquiste. En France, après la guerre, les deux amants pourront enfin renaître de leurs cendres, sous les noms d'Antoine et Isabelle.

Prix Laurent Bonneli, Lire & Virgin Megastore
Prix Page des libraires

« Avec une grande finesse psychologique, Vincent Borel rend sensible le destin de ses personnages embarqués dans l'histoire du XXe siècle. »

L'Express-Lire